Martim Cererê

Cassiano Ricardo

Martim Cererê

26ª EDIÇÃO

© Brasil Gomide Ricardo Filho, Regina Célia Ricardo Gianesella e herdeiros de Cassiano Ricardo, 1974

Reservam-se os direitos desta edição à
EDITORA JOSÉ OLYMPIO LTDA.
Rua Argentina, 171 – 1º andar – São Cristóvão
20921-380 – Rio de Janeiro, RJ – República Federativa do Brasil
Tel.: (21) 2585-2060 Fax: (21) 2585-2086
Printed in Brazil / Impresso no Brasil

Atendimento e venda direta ao leitor:
mdireto@record.com.br
Tel.: (21) 2585-2002

ISBN 978-85-03-00801-3

Ilustração de capa: CIRO FERNANDES
Capa: HYBRIS DESIGN/ISABELLA PERROTTA

Texto revisado segundo o novo Acordo Ortográfico da Língua Portuguesa.

CIP-Brasil. Catalogação-na-fonte
Sindicato Nacional dos Editores de Livros, RJ.

R376m
26ª ed.
	Ricardo, Cassiano, 1895-1974
	    Martim Cererê: (o Brasil dos meninos, dos poetas e dos heróis) / Cassiano Ricardo. – 26ª ed. – Rio de Janeiro: José Oiympio, 2010.
	
	    Contém dados biobibliográficos
	    ISBN 978-85-03-00801-3
	
	    1. Poesia brasileira. I. Título.

10-2014	CDD 869.91 CDU 821.134.3(81)-1

A
CÂNDIDO MOTA FILHO,
MENOTTI DEL PICCHIA
e
PLÍNIO SALGADO
(meus companheiros do Grupo
Verde-Amarelo, em 1928)

SUMÁRIO

Nota da Editora   11

MARTIM CERERÊ

Argumento   17
Coema Piranga   25
Uiara   28
Amor selvagem   29
Sem noite, não   30
Canto de guerra   32
Relâmpago   34
O "Carão"   35
Onde está a noite?   37
A Cobra Grande   39
A Onça Preta   42
Fon-fin, culó!   45
A primeira pergunta   48
O "achamento"   49
Declaração de amor   52
A missa e o papagaio   55
Ladainha   57
Informação sobre a Serra de Ouro   61

O "Sol da Terra"	62
Onde estaria a noite?	64
Pralapracá	66
O navio negreiro	67
Noite na terra	70
Dança em volta do fogo	72
"Conjugo vobis"	76
A notícia	77
E agora? E a Serra do Mar?	78
A noite verde	80
A vila de Anchieta	85
A raça cósmica	87
Tropel de Gigantes	89
O dragão e a Lua	92
Na manhã girassol	94
Sinal no céu	95
Informação sobre a Serra de Prata	97
Mãe-preta	98
Informação sobre a Serra das Esmeraldas	100
Reis Magos	101
O "sem-fim"	102
O Gigante nº 1	104
A lanterna mágica	112
Conimá, o Feiticeiro	113
Um após outro	115
O Gigante nº 2	118
O Gigante nº 3	125
As pedras verdes	128
Lua cheia	130
Que mais será preciso?	131
Só Deus por testemunha	136
A zanga d'El-Rey	137

A esperança mora a Oeste	139
O Gigante nº 4	141
O Pai do Sol	144
O Gigante nº 5	147
O Gigante sem número	154
O Gigante nº 6	157
Zozé, Columi e Ioiô	162
O Gigante nº 7	163
"Tropa de gente em São Paulo"	165
Luta contra o pirata	167
Balada a El-Rey	168
O último Gigante	171
Metamorfose	174
Soldados verdes	176
Cidadezinha do interior	178
Caboclo à hora do descanso	180
Trem da Noroeste	182
A filha do imigrante	184
O bacharel e a cabocla	185
Poema de arranhacéu	187
Moça tomando café	189
Meus oito anos	191
Canção geográfica	194
Café expresso	197
Pecado original	200
Exortação	201
Brasil-menino	203
Retrolâmpago	206
Biografia e documentário do livro	209
Obras de Cassiano Ricardo	247
Bibliografia sobre Cassiano Ricardo	251

NOTA DA EDITORA
DADOS BIOBIBLIOGRÁFICOS
DO AUTOR

CASSIANO RICARDO nasceu em São José dos Campos, estado de São Paulo, em 1895.

Passou a sua infância na fazenda de seus pais, que eram modestos lavradores. Aos dez anos, aluno do antigo curso primário, já queria ser poeta e jornalista.

Publicou seus primeiros versos e "inventou" (1905) um pequeno jornal manuscrito, *O Ideal*, "órgão dos alunos do Grupo Escolar Olímpio Catão".

Adolescente, frequentou, em Jacareí, o Ginásio Nogueira da Gama; estudou Direito em São Paulo e no Rio de Janeiro, onde colou grau de bacharel em 1917.

Durante esse período, publicou o seu primeiro livro de poemas, *Dentro da noite* (1915), e logo a seguir *A frauta de Pã*, ambos muito bem recebidos pela crítica. No Rio, como redator de *O Dia*, foi cronista parlamentar.

Formado em Direito, e depois de ter exercido a advocacia em São Paulo, resolveu tentar carreira no Rio Grande do Sul, tendo lá residido cerca de quatro anos.

De regresso a São Paulo, logo após a Semana de Arte Moderna (1923), retomou a sua atividade literária, tendo ingressado na redação do *Correio Paulistano*. Foi nesse velho órgão de nossa imprensa, ao lado de Menotti Del Picchia, Plínio Salgado, Mota Filho, Alfredo Ellis e Raul Bopp, que participou da campanha modernista, como um dos líderes do grupo "Verde-Amarelo" e da "Anta".

Publicou então os *Borrões de verde e amarelo*, *Vamos caçar papagaios* e *Martim Cererê*.

Em pleno furor modernista, foi eleito para a Academia Paulista de Letras, juntamente com Plínio Salgado e Menotti Del Picchia.

Nomeado para censor teatral e cinematográfico, entrou, em 1928, para o funcionalismo público. Em 1931, o então interventor Laudo de Camargo o nomeou para diretor efetivo da Secretaria do Palácio do Governo; em 1932, exerceu a função de secretário do governador Pedro de Toledo, tendo sido preso (por motivo da Revolução Constitucionalista) e remetido, entre outros paulistas, para a Sala da Capela, no Rio de Janeiro. (Durante a Revolução, foi o poeta mais recitado nas estações de rádio, por causa dos seus poemas paulistas.)

Em 1934, o governador Armando de Sales Oliveira convidou-o para seu auxiliar de gabinete. "Fiel servidor de São Paulo", foi como Armando de Sales o chamou, em expressiva dedicatória. Em 1936, o poeta de *Martim Cererê* fundou e dirigiu, com Menotti e Leven Vampré, a grande revista em rotogravura *São Paulo*; no mesmo ano, tomou parte na "Bandeira", grupo intelectual fundado para a defesa de uma "democracia social brasileira" e que superasse os extremismos. Em 1937 era eleito para a Academia Brasileira, como sucessor de Paulo Setúbal.

Em 1940 foi diretor d'*A Manhã*, no Rio de Janeiro. De sua atuação na chefia desse jornal, em sua mais prestigiosa fase, disse Manuel Bandeira: "Cassiano chamou para o seu jornal grandes colaboradores adversários da situação, Gilberto Freyre, Afonso Arinos de Melo Franco, José Lins do Rego, Vinicius de Moraes etc., na nobre atitude de não misturar literatura com política."

Em 1941 publicou o seu principal ensaio *Marcha para Oeste* e o *Sangue das horas*, denunciador de sua nova fase poética.

Voltando a residir em São Paulo, entre 1947 e 1950, dá aos seus leitores os poemas que, no dizer da crítica, o colocaram "na primeira linha dos poetas brasileiros": *Um dia depois do outro*, *A face perdida* e *Poemas murais*.

É então eleito e reeleito presidente do Clube de Poesia (1950-1953). Na direção dessa entidade iniciou a publicação dos "cadernos" dedicados aos "novíssimos", inaugurando o Curso de Poética — o primeiro, em seu gênero, realizado em nosso país.

Por fim, em 1953, Cassiano seguiu para a França, em missão oficial. Permaneceu em Paris quase três anos e percorreu vários países, como Portugal, Espanha, Bélgica, Suíça, Itália, Inglaterra, Holanda. Durante a sua permanência na capital francesa escreveu *João Torto e a fábula* e *Arranha-céu de vidro*, livros que representam uma nova experiência poética.

Em 1960 apareceram dois outros livros seus, de poesia, intitulados *Montanha-russa* e *A difícil manhã*, distinguidos com os prêmios da Fundação Cultural (Brasília), Carmen Dolores Barbosa e Jabuti.

Nesses trabalhos, como em *Poemas murais* e *A difícil manhã*, que condensam as suas últimas pesquisas, Cassiano valoriza, principalmente, a palavra contra o verso.

Os seus últimos livros, *Jeremias Sem-Chorar* e *Os sobreviventes* já pertencem a outro estilo com a criação do linossigno.

Membro da Academia, o autor de *Vamos caçar papagaios* continuou fiel à nossa modernidade literária. Em memorável luta, conseguiu que a Casa de Machado de Assis premiasse *Viagem*, de Cecília Meireles (1939) e, propôs, com a aprovação dos demais acadêmicos, inclusive dos conservadores, que se comemorasse, naquele cenáculo, o 30º aniversário da Semana de Arte Moderna.

Cassiano Ricardo pertenceu ainda à equipe "Invenção", grupo de vanguarda, constituído por Augusto de Campos, Décio Pignatari, Edgard Braga, José Lino Grünewald, Mário da Silva Brito, Mário Chamie, Ronaldo Azeredo, Pedro Xisto.

Com seu livro *Os sobreviventes* — e como lastro da grande obra poética de toda uma vida — obteve em 1972 o Prêmio Nacional de Poesia do Instituto Nacional do Livro.

No dia 14 de janeiro de 1974 faleceu no Rio de Janeiro, sendo sepultado no Mausoléu da Academia Brasileira de Letras.

O seu nome indígena era Saci-pererê. Devido à influência do africano, o Pererê foi mudado pra Cererê. A modificação feita pelo branco foi pra Matinta Pereira; e não era de estranhar (diz Barbosa Rodrigues, no seu Poranduba Amazonense) *que ele viesse a chamar-se ainda Matinta Pereira da Silva.*

Daí Martim Cererê. É o Brasil-menino, a quem dedico este livro de histórias e de figuras.

ARGUMENTO

...e isto não é fábula.*

---

*Carta dos bandeirantes ao Rei, em 8 de janeiro de 1606, in *Registro geral*, tomo VII, p. 309.

I

A moça bonita, chamada Uiara, morava na Terra Grande. Dizem que tinha cabelo verde, olho amarelo.
O mato é verde; pois os seus cabelos eram mais verdes. A flor do ipê é amarela; pois os seus olhos eram mais amarelos.

II

Então apareceu um homem de outra raça. Era branco, disse que gostava de luar e de guitarra. Marinheiro, viera cavalgando uma onda azul. Ouvira a fala da Uiara e não se fez amarrar, como Ulisses, ao mastro do navio, nem mandou tapar com cera os ouvidos aos demais companheiros; ao contrário, saltou em terra e ofereceu-se pra casar com ela.
— Não tem dúvida, só exijo uma condição: vá buscar a noite e eu me casarei com você. Sem noite, não... O sol espia tudo o que a gente faz; e vê tudo... pelos vãos das folhas.

III

Então o marinheiro achou muita graça na condição e teve uma ideia.

— *Pois eu trarei a noite pra você.*
E saiu com o seu navio.
E, não demorou muito, trouxe a noite. Trouxe a noite africana, que veio no navio negreiro. Os homens que o ajudaram a trazer a noite eram pretos; pertenciam a uma terceira raça. Estavam sujos de treva e de fuligem. Rosto e corpo marcados com a tinta da noite. Bastava vê-los, tão escuros, e a gente já sabia de tudo: eles é que haviam trazido a noite.
Carvão que chegava, destinado à oficina das raças.

IV

Então a moça bonita casou com o Caraíba branco e pronto!
...Nasceram os gigantes de botas.
Mamelucos que eram a soma de todas as cores. Com sangue de índio mágico, de português lírico, de espanhol fabuloso, de africano resmungão e plástico.
E que bateram à porta do sertão antropófago, num tropel formidável.

V

— Ó de casa! Nós queremos entrar!
As montanhas sentaram-se no caminho, enormes, tapando-lhes o horizonte: "Absolutamente." E vieram as léguas, enrolando-se nas botas dos gigantes: "Por aqui vocês não entram." E vieram os bugres, heróis empenachados, com os seus exércitos de arco e flecha e que eram os donos absolutos do país das palmeiras: "Quem manda em nossa casa somos nós." E vieram

os monstros, *as jiboiaçus da fábula, os tamanduás, as onças com sede de sangue humano; a fauna em peso, multicor, trancando a entrada ao sertão mais ínvio do mundo:* "Vos comeremos vivos." *E vieram as tempestades, jogando-lhes cacos brancos de relâmpagos na cabeça:* "Por aqui é que vocês não passam."

Tudo, porém, inutilmente, porque os gigantes haviam calçado as suas botas sete-léguas e levavam no coração duas forças terríveis: a ambição e o maravilhoso.

Arrastavam-nos mato adentro os mitos resplandecentes: a serra das esmeraldas, a serra de ouro, a serra de prata.

...Vão brancos, pretos e muitos índios, de que os gigantes se servem.

...Vão pobres e ricos, homens e mulheres, velhos e crianças, seculares e religiosos.

...Vão caborés, capangas, curibocas, cafuzos, caneludos, pés-largos.

VI

Que importa, entretanto, esta e aquela bandeira sejam destroçadas pela fome ou pelo bugre?

Outros gigantes calçam botas sete-léguas.

Outras bandeiras vão atrás, vitoriosas e galhardas.

São os rios humanos de três cores, que percorrem o chão da América.

— *Tropa da gente de São Paulo que vos achais nas cabeceiras do Tocantins e do Grão-Pará; eu, o príncipe, vos envio muito saudar.*

VII

E assim, esmagada a cabeçorra azul da última légua, o Brasil ficou sendo o que é hoje.

No rasto da grande marcha brotaram as cidades, os cafezais; fundou-se a nova civilização baseada no amor por todas as raças.

VIII

Quedê o sertão daqui?
Lavrador derrubou.
Quedê o lavrador?
Está plantando café.
Quedê o café?
Moça bebeu.
Mas a moça, onde está?
Está em Paris.
Moça feliz.

A MOÇA BONITA
CHAMAVA-SE UIARA...

Coinamá me contava que, quando os seus avós emigraram das altas montanhas, onde o sol morre, para as terras plainas onde o sol nasce, os *tuxauas*, à hora do toque das buzinas, passavam diante da casa dos guerreiros, dizendo-lhes este famoso grito de guerra para a conquista do Brasil: "Yá só Pindorama koti itamarana pó anhatin, yara rama ae recê."

COUTO DE MAGALHÃES
(O selvagem, pág. 307)

Iupirungáua ramé intimahã;
ára anhũ opaí ára opé.

COEMA PIRANGA

de primeiro no mundo
só havia sol mais nada
noite não havia

havia só manhã
uma manhã espessa
com a coroa de plumas
vermelhas à cabeça
só manhã no mundo

pois noite não havia
só manhã no mundo
sem nenhuma ideia
de haver noite nem dia

era tudo brasil
tudo era madrugada
não havia mais nada
todas as mulheres
eram filhas do sol
na manhã gentil

e os homens cantavam
que nem pássaros nus
pelos galhos das árvores

sem noite sem dia
porque só havia sol
noite não havia

no começo do mundo
tudo era madrugada
tudo era sol mais nada
tudo amanhecia
permanentemente
num contínuo arrebol

sem ara nem pituna
sem noite nem dia
cantava o tié-piranga
num ramo do sol
sem nenhuma ideia
de uma noite haver noite
ou de um dia haver dia

mas dois frutos havia
e num deles morava
a Noite no outro o Dia
mas ninguém sabia
em que galho em que arbusto
é que a Noite estaria
e onde estava o Dia

não havia o medo
de perder a hora
ou contar-se um segredo
só havia sol se rindo

se rindo grande e real
como um ruivo animal
dentro do matagal

de primeiro no mundo
noite não havia
tudo era mesmo dia
de tanto sol que havia
era o tempo imóvel
não havia esta coisa
chamada noite e dia
só havia sol mais nada
noite não havia

só manhã no mundo
noite não havia

UIARA

No país do sol
onde só havia sol
(noite não havia)
havia uma mulher
verde olho de ouro
vestida de sol
imagem da manhã
sem noção do amanhã
verde sem ideia
do que se diz verde
(que não se alcança)
ouro sem noção
do que seria o ouro
sol sem solução
mulher gravada a ouro
num friso marajoara
cabelo muito verde
olhos-muito-ouro

chamava-se Uiara.

AMOR SELVAGEM

Então Aimberê
nascido crescido
sem nunca chorar,
metido na sua
tanga de jaguar,
viu ela no banho
e — guerreiro moço —
se pôs a tocar
numa flauta de osso,
vil, rudimentar,
esta toada triste:
quero me casar.

Quero me casar
mas é com você.
Trança cor do mato,
olho flor de ipê.

Sou o Rei do Mato.
Quero me casar
mas é com você.

E o pobre tapuia
metido na sua
tanga de jaguar
se pôs a chorar
sem saber por quê.

SEM NOITE, NÃO

"A manhã é muito clara...
Não há Noite na terra...
O sol espia a gente
pelos vãos do arvoredo...
Sem Noite, francamente,
não quero me casar
porque não há segredo...
Ixé xatí xa ikó.
O que há são olhos, olhos
em que o sol se reparte.
"Olhos que espiam tudo
pelos vãos do arvoredo...
Olhos por toda parte!
Casar? nem por brinquedo.
Não é porque me queixe
mas o sol, sem-vergonha,
até debaixo d'água
quando vou tomar banho
brilha mais do que um peixe.
Os troncos têm orelhas
sobre a casca, vermelhas,
e contam tudo às folhas,
que ouvem o que se diz;
e as folhas que são línguas
verdes e bem afiadas

contam ao vento; e o vento
que não guarda segredo
conta depois aos bichos
que moram no arvoredo;
e os bichos, aos cochichos,
contam ao mato, e o mato
chama o sol, linguarudo,
e conta tudo... Tudo.

"Se você, meu amigo,
quer se casar comigo,
tenho uma condição.
É haver Noite, na Terra.

"Sem Noite, não e
          NÃO."

CANTO DE GUERRA

Yá só pindorama koti
itamarana pó anhatin,
yara rama ae recê!

E sem mais teretetê
troaram os maracás.
Todos os homens que havia
se puseram de pé
na manhã de cinema
onde se desenrola
o desenho animado
do mundo primitivo.

Yara rama ae recê!
como broncas figuras
armadas de arco e flecha
feitas de barro vivo
que se erguessem da terra
cada qual com o seu povo,
pra escuitar o barulho
     da guerra
na solidão dos araxás!

Que é isto? é o grande dia!

Então o Rei do Mato
pintado a jenipapo
   e urucum,
partiu lesto, levando
os povos da manhã
para os lados do Atlântico
sob um dourado açoite,
   o sol,
à procura da Noite...

RELÂMPAGO

A onça pintada saltou tronco acima que nem um
    [relâmpago de rabo comprido e cabeça amarela:
zás!
Mas uma flecha ainda mais rápida que o relâmpago
                            [fez rolar ali mesmo
aquele matinal gatão elétrico e bigodudo
que ficou estendido no chão feito um fruto de cor que
                     [tivesse caído de uma árvore!

O "CARÃO"

Só o Carão, esse não quis
sair do seu lugar
e se pôs a chorar,
infeliz:
"Eu não mudo de penas!

"Eu não me lembro
de ter sido criança um dia apenas.

"Desde que me conheço sou assim:
nunca tive começo nem fim.

"Nunca tive saudade
pois não fui outra coisa na vida
senão isto que sou, nunca tive esperança
porque nunca serei outra coisa na vida
senão o que já fui.

"Vão vocês, que acreditam na Noite
e noutras cantilenas.

"Eu não.
Eu não mudo de penas.

"Upain, uirá etá
u ricó puranga acaiú
iuaiaué u cucui i pepó
etá."

ONDE ESTÁ A NOITE?

E em nome do seu povo
Aimberê vai ao Carão:
"Onde está a Noite? Eu quero
    a Noite."

— Pituna mora no oco
do pau, na barriga do coco.
A coruja que mora
no oco do toco sabe onde.

E em nome do seu povo
Aimberê vai à Coruja
(coruja de cara suja)
que também não responde.
"Onde está a Noite? Eu quero
    a Noite."

— Só cojubim sabe onde.

Ao cojubim foi então
Que lhe declara "nasci
    só cantar para
(depois que Noite houver)
a manhã vier quando."

"Onde está a Noite? Eu quero
    a Noite."

— Pituna mora no fundo
da água maior que houver
    no mundo.
O Boto, que se esconde
no buraco do mundo sabe onde.

Então o Boto responde:
"Pituna virou Onça Preta;
o sol virou em arara
e a onça comeu o Sol."

    Mas onde?

Só um eco responde:
    onde?

A COBRA GRANDE

Até que ao fim da estrada
no sítio acaba-mundo
por onde conduzira
as tribos da manhã,
o Rei do Mato encontra
a Cobra Grande que,
olhos de safira,
se disse sua irmã.
Então a Cobra Grande
lhe fala: "Eu tenho a Noite."

E dá-lhe um espinhento
fruto de tucumã.
"A Noite mora ao centro
desta fruta do mato,
que é espinhenta por fora
mas gostosa por dentro..."
(E em seu olhar fulgia
o abismo da manhã.)

"Vá por este caminho
mas não abra o segredo
antes da hora marcada,
pra seu amor não ser
simples palavra vã.

Que se abrires o fruto
por encanto ou por medo
você terá o castigo
de sol e de chão bruto,
que te dará Tupã.

Pois o Bicho Felpudo
que mora na floresta
cum só olho na testa
e que usa pés de lã
te esconderá os caminhos;
cantará a jaçanã.
E todas as corujas
que são filhas da Noite
sairão dos seus ocos
e sujarão a cara
soltinga da manhã.

E a Noite que está dentro
deste crespo por fora
fruto de tucumã,
virará Onça Preta.

E tudo será Noite
de não se ver mais nada.
E você, Rei do Mato,
depois de tanto afã,
ficará o vagabundo
do sítio acaba-mundo.
E vagará, à toa,
à frente do seu povo

de rechã em rechã,
na grande Noite cega,
sem amor, sem cunhã."

E enquanto a Cobra Grande
falava, o Sol se ria.
Sol coisarrão, Sol nu.
Sol de mitologia.
Com cinco labaredas
de alegria pagã,
presas, qual cinco dedos,
ao fim de cada braço
girassol da manhã...

A ONÇA PRETA

Aimberê, o Rei do Mato,
noivo da Moça Bonita
que tinha o nome de Uiara,
voltou pra casa, contente,
fabulosissimamente,
seguido por seu exército
com a Noite dentro do fruto
e a madrugada nos olhos...

E encontrou o Pererê:
"Seu idiota, não percebe
que a Cobra Grande te deu
um oco, dentro do coco?"
Ele ouviu e não fez conta.

Até que, no seu caminho,
onde parou, assuntando,
pra descansar um bocado,
mordido pela formiga
verde da curiosidade,
levou o fruto ao ouvido
pra ouvir o canto da Noite;
e ouviu o surdo gorjeio
do grande Bicho Felpudo

que gorjeava, sem manhã,
lá no escuro, lá no centro
do fruto de tucumã,
dizendo "moro aqui dentro
mas não durmo nem sossego
pois sou um pássaro cego."

— "Bicho Felpudo da Noite
que tens um olho na testa,
mas tens a cabeça oca,
o meu povo te pergunta
que enorme segredo é o teu
que cantas mas não tens boca?"
E ouviu uma coisa louca
que o deixou branco de susto
como se já houvesse lua.

E, por encanto, ou por medo,
porém já sem inocência,
e antes mesmo que escuitasse
a terceira coisa louca,
tão besta está e tão tonto
que abre o fruto proibido
    e pronto!

Salta de dentro a Onça Preta!
    Cadê o Sol?
    A Onça Preta comeu.

Cadê a Arara?
A Onça Preta comeu.

Cadê a Noite?
Ah! a Noite sou eu.

FON-FIN, CULÓ!

E a Noite se fez, mas
apenas em seu corpo.
E ele ficou no mundo
sem caminho, sem noiva,
ora adiante, ora atrás.
Noite em seu corpo apenas,
Não lá fora, no dia
onde o Carão dizia:
bem faço eu, seu japó,
que não mudo de penas.
Noite em seu corpo apenas,
pois lá fora o Sol ria.

Sol nu, Sol carijó.

Contente por ser dia
e só: sou eu, só, só.

O chão também se ria
pela flor de um cipó.
E o Jabuti, boca em ó,
tocava a sua flauta,

> fon-fin,
> culó!

> fon-fin,
> culó!

CERTO DIA, CHEGOU UM MARINHEIRO E OUVIU O CANTO DA UIARA. NÃO SE FEZ AMARRAR AO MASTRO DO NAVIO, NEM MANDOU TAPAR OS OUVIDOS DOS DEMAIS MARINHEIROS. SALTOU LOGO EM TERRA E OFERECEU-SE PRA CASAR COM ELA.

Gente assim como nós, da cor do dia.

CAMÕES, *Os Lusíadas*

Canto V

A PRIMEIRA PERGUNTA

O monstro marinho
que se mexia, subindo e descendo,
dentro do anil redondo d'água,
desenrolou os seus músculos de ondas na praia.
E o marinheiro
que atravessara o Mar da Noite
saltou dos ombros dele
na manhã verde clara:
— faça o favor, é aqui que mora Dona Uiara?

O "ACHAMENTO"

A terra é tão fermosa
e de tanto arvoredo
tamanho e tão basto
que o homem não dá conta.

No clarão matutino
os tucanos rombudos,
eram como figuras
a lápis encarnado
e que houvessem fugido
do caderno escolar
em que Deus aprendia
desenho, em menino.
Tupis em alvoroço,
tribos guerreiras, mansas,
troféus verdes na ponta
dos chuços e das lanças.
Jequitiranaboias.
Colar de osso ao pescoço,
vermelhas araçoias,
cocares multicores.
Cada qual com o seu sol
de plumas à cabeça.
Guerreiros da manhã
que haviam já descido

dos Andes à procura
da Noite, que estaria
para os lados do Atlântico.
Agora se debruçam,
reunidos, ombro a ombro,
sobre a Serra do Mar,
e espiam, com assombro,
o dia português
que saltara das ondas
qual pássaro marinho
ruflando a asa enorme
das velas redondas
por errar o caminho,
e os homens cor do dia
que saíram de dentro
do pássaro marinho!
E em nome do seu povo,
sem saber se quem chega
é fidalgo, ou plebeu;
anjo de cor bronzeada,
cabelo corredio,
nu, listado em xadrez,
tal como Deus o fez,
vem o dono da casa
e oferece o que é seu:
águas, cobras e flores!

Nisto a manhã louca
grita: "bem-te-vi"!
E o Marinheiro branco,
coração já confuso,

ouve, maravilhado,
no gorjeio de um pássaro,
o idioma que, com pouca
corrupção, crê que é luso.
Como explicar que uma ave
de país tão agreste,
diga que bem me viu,
se tu, ó Pai celeste,
não houvesses previsto
que a terra dadivosa
seria descoberta
por quem a descobriu?
Parece que dois povos
tinham marcado encontro
à sombra de tal Serra,
nessa manhã sem par.

Um, que vinha do Mar
seguindo a lei do Sol,
em busca de um tesouro
chamado Sol da Terra
(um novo Tosão de Ouro);

outro vindo da Terra
para os lados do Atlântico
à procura da Noite
como se adivinhasse,
por estranha magia,
que havia o Mar da Noite.
Pois no fundo das águas
é que a Noite estaria.

DECLARAÇÃO DE AMOR

Eu vim do mar! Sou filho de outra raça.
Para servir meu rei andei à caça
de mundos nunca vistos nem sonhados,
por mares nunca de outrem navegados.
Ora de braço dado com a procela,
ora a brigar com ventos malcriados.
Trago uma cruz de sangue em cada vela!

Na crista da onda, em meio do escarcéu,
na solidão encrespada e redonda,
quanta vez me afundei no inferno d'água
ou com a cabeça fui bater no céu!
Simples brinquedo em mãos da tempestade
fabulosa ambição me trouxe aqui.

A ambição pode mais do que a saudade...
Ambas me foram ver, quando eu parti.

A saudade abraçou-me, tão sincera,
soluçando, no adeus do nunca mais.
A ambição de olhar verde, junto ao cais,
me disse: vai que eu fico à tua espera!

E agora, ó Uiara, eu sou um rouxinol
Épico só no mar, lírico em terra,
quero gorjear à beira do regato
e o teu beijo colher, fruta do mato,
no teu corpo pagão, quente de sol.
E agarrar-me aos teus seios matutinos,
nauta que amou centenas e centenas
de ondas em fúria e veio naufragar,
depois de tudo, em duas ondas morenas,
que valem mais, em sendo duas apenas,
do que todas as ondas que há no mar.
Que importa a nós as brejaúvas más,
na virgindade insólita onde fechas
o teu supremo bem — ínvio tesouro,
vigiado pelas onças de olhos de ouro —
guardem seus cachos roxos entre flechas
e eu beba a água que o sertão me traz
nas folhas grossas dos caraguatás?

Que importa, no ar, papagaios em bando,
ou araras pintadas, deem risadas,
por nos verem assim, falando a sós,
tu da cor da manhã, eu cor do dia,
se os pássaros do amor e da alegria
a todo instante pousarão cantando
nas coisas que te digo, em minha voz?

Eu vim do mar! Sou filho da procela.
Trago uma cruz de sangue em cada vela
Para sentir a glória de te amar,
lobo do oceano acostumado a tudo,

épico só no mar, **lírico** em terra,
estenderei o couro de um jaguar
sobre este chão que ficará um veludo
mais verde, mais macio do que o mar...
No mar, o bravo peito lusitano.
Em terra o amor em primeiro lugar.

E tão grande há de ser a nossa luta
sobre o leito trançado de cipós,
que a Noite cairá, pesada e bruta,
suando pingos de estrelas sobre nós!

A MISSA E O PAPAGAIO

Stella matutina...
Bem que vem de Belém...
Currupaco, papaco.

Refugium peccatorum...
Bem que vem de Belém...
Currupaco, papaco.

Terra papagalorum...
Bem que vem de Belém...
Currupaco, papaco.

Na manhã enrediça,
rosatinga, risonha,
há um frade que soluça
dizendo a sua missa
entre as crianças grandes
da Terra sem pecado
e quase se debruça
no auge do seu latim
emitte lucem tuam
e um Sol nu, Sol-cacique,
dançando ao pé da cruz
andirá jupari,
umucú ce ratá
quer forçar Frei Henrique
a um gole de cauim.

Depois acaba a missa
e então os papagaios
voltam, todos, pro mato,
já falando latim...

LADAINHA

Por ser tratar de uma ilha deram-lhe o nome de
                              [Ilha de Vera-Cruz.
        Ilha cheia de graça
        Ilha cheia de pássaros
        Ilha cheia de luz.

        Ilha verde onde havia
        mulheres morenas e nuas
        anhangás a sonhar com histórias de luas
        e cantos bárbaros de pajés em poracés
                            [batendo os pés.

        Depois mudaram-lhe o nome
        pra Terra de Santa Cruz.
        Terra cheia de graça
        Terra cheia de pássaros
        Terra cheia de luz.

A grande Terra girassol onde havia guerreiros de
                                  [tanga.
e onças ruivas deitadas à sombra das árvores
                              [mosqueadas de sol.

Mas como houvesse, em abundância,
certa madeira cor de sangue cor de brasa
e como o fogo da manhã selvagem
fosse um brasido no carvão noturno da paisagem,
e como a Terra fosse de árvores vermelhas
e se houvesse mostrado assaz gentil,
deram-lhe o nome de Brasil.

        Brasil cheio de graça
        Brasil cheio de pássaros
        Brasil cheio de luz.

A UIARA LHE DISSE: VÁ BUSCAR A NOITE; SÓ CASAREI COM AQUELE QUE PRIMEIRO ME TROUXER A NOITE...

...os povos a quem nega o filho de Climene a cor do dia.

CAMÕES, *Os Lusíadas*

Canto V

INFORMAÇÃO SOBRE A SERRA DE OURO

"Havia um grande rio
além do qual uma serra
que resprandecia lá longe
e era muito amarela.
Por causa do seu resprendor
a chamavam Sol da Terra.
E por muito temerosa
ninguém passava perto dela."

O "SOL DA TERRA"

E a Uiara que nunca ouvira
declarações de amor tão cheia
de rouxinóis e outras espécies de mentira
assim falou, ao novo pretendente:

"A manhã é muito clara.
Não há Noite na terra
(pois de primeiro não havia Noite,
era só manhã que havia)

Só existe o Sol da Terra
que mora por trás da Serra
e espia tudo o que se faz
pelos vãos da folhagem...
Se a gente brinca no banho
o Sol da Terra vem espiar
pra se rir de nós, depois;
se bugre brinca com bugra
o Sol da Terra quer saber
o que se passa entre os dois...
Assim, não quero me casar.
Vivo nua, ouço os cochichos
do mato, a risada dos bichos
que o Sol traz, para me espiar.
Ixé xatí xa ikó...

Quem quiser me desposar
tem que trazer a grande Noite
    que mora no mar;
tem que subir a grande Serra
    que é a Serra do Mar;
tem que apagar o Sol da Terra
com a Noite vinda do mar...

Não há Noite na Terra e — francamente —
sem Noite não me caso com você.

Só casarei com aquele que primeiro
    me trouxer a Noite.

Vá buscar a Noite..."

ONDE ESTARIA A NOITE?

Mas como poderia
alguém achar a Noite
onde tudo era o Sol?
onde não se pensou que houvesse Noite?
onde a manhã feliz, sem concorrência,
andava solta pelo matagal?
onde uma permanente madrugada
espiava tudo por milhões de olhos vermelhos?
onde só havia brasil e mais nada?

Pois a Noite estaria
não mais no País das Palmeiras,
nem no fundo das Águas,
mas numa terra, ainda mais longe,
"onde jazem os povos a quem nega
o filho de Climene a cor do dia".

O macaxera, de cabelo cor de fogo,
botou pra fora da caapunga o cabeção de
                      [songamonga
e madrugou no pé por moitas de aguapé.
A floresta soltou um grito de araponga
    diante do mar!

Então o novo pretendente,
épico só no mar, lírico em terra,
partiu em seu navio aventureiro
e foi buscar a Noite...

PRALAPRACÁ

E começa a longa história
do navio que ia e vinha
pela estrada azul do Atlântico:

Ia, levando pau-brasil
e homens cor da manhã, filhos do mato,
cheios de sol e de inocência;
vinha trazendo degredados...

Ia, levando uma esperança;
vinha trazendo foragidos de outras pátrias
para a ilha da Bem-aventurança.

Ia levando um grito de surpresa,
    da terra criança;
e vinha abarrotado de saudade
    portuguesa...

O NAVIO NEGREIRO

E o Navio Aventureiro
que trouxe o Descobridor
e que trouxe o Povoador
e que trouxe o Caçador
    de Papagaio
e o ladrão de pau-brasil
era um navio encantado
    que ia e vinha
pela estrada cor de anil;
conhecia o Mar da Noite
e tanto vai tanto vem
que trouxe a Noite também...

E qual não foi a alegria
da Uiara na manhã clara!
No instante em que o marinheiro
saltou do Atlântico em primeiro
lugar e, logo depois,
fez descer de dois em dois
uns homens tintos retintos
que haviam trazido a Noite.

Cada qual mais resmungão...
chegaram todos em bando.
Uns se rindo, outros chorando.

Vinham sujos de fuligem...
Vinham pretos de carvão
como se houvessem saído
de dentro de algum fogão.

Mais escuros do que breu.
Com eles aconteceu
o que acontece ao carvoeiro
trabalhando o dia inteiro
dentro de tanto negrume
que quando sai da oficina
sai que é um carvão com dois olhos
    de vaga-lume...

Vinham sujos de fuligem...
Tinham a tinta da origem
nas mãos, nos ombros, na face:
como se cada figura
de negro fosse um fetiche
que a treva pintou de piche
marcando-lhe a pele escura
a golpes fundos de açoite
para que todos soubessem,
bastando vê-los, que haviam,
realmente, trazido a Noite.
Vinham de outro continente
onde jaziam os povos
a quem, misteriosamente,
Deus negara a cor do Dia...

Homens pretos picumã
de cabelo pixaim.
Por terem trazido a Noite
ficaram pretos assim.

NOITE NA TERRA

Cabelo assim, pixaim.

Falando em mandinga e candonga.
Desceram de dois em dois.

Pituna é bem preta:
pois cada preto daqueles
era mais preto que Pituna.
Asa de corvo ou graúna
não era mais preta
cruz-credo, figa-rabudo,
do que preta mina
que chegou no Navio
 Negreiro.
Carvão destinado à oficina
 das raças.

E trouxeram o jongo
soturno como um grito
 noturno...

E Exum pra dançar na festança
 da sua chegança.

E bugigangas e calungas
pra terra criança.

E o urucungo que é um resmungo.

E o cabelo enrediço... do feitiço.
   e São-Cristo...
   E o Cussa Ruim.

DANÇA EM VOLTA DO FOGO

São Cristo-sinhô!
que Oxalá já chegou
pra dançar na macumba;
que veio Xangô!
que a sua mucama
cabinda ou macua
    chegô.

Chegou já fecunda
espremendo o seu leite
pra Zozé, Columi
    e Ioiô.

Chegou amarrada
tremendo de frio
no porão do Navio...
    chegô.

Chegou como bicho
trazido da selva,
Saravá, Saravá,
    chegô.

Chegou pra ser mãe
por obrigação,
ô ô babala-ô,
    chegô.

Chegou como noite
que chega sem lua,
 chegô.

Chegou quase nua...
 chegô.

E COMO O MARINHEIRO LHE HOUVESSE
TRAZIDO A NOITE A UIARA CASOU COM ELE;
ENTÃO... NASCERAM OS GIGANTES DE BOTAS.
VERMELHOS, MAMELUCOS, PRETOS E BRAN-
COS; DE TODAS AS CORES.
QUE SURURUCARAM NO MATO...
E QUE FORAM FAZER UMA COISA E FIZERAM
OUTRA.

*Por termos nunca usados nem sabidos
cortando matos e arrasando montes.*

Diogo Grasson Tinoco

*Jasão disse:
— Volte quem quiser que eu, ou não
tornarei à Grécia, ou levarei comigo o
Tosão de Ouro.*

Apolônio Rhodio
Os Argonautas

*...draconem
qui custos erat Arietis aurei.*

Ovídio
Metamorfoses

"CONJUGO VOBIS"

E ali mesmo na praia,
ante um altar forrado de onça
e entre vergonhas assustadas
um jesuíta canário,
chamado Anchieta, e também vindo
dentro do Pássaro Marítimo,
celebra o casamento do homem branco
(que viera cavalgando uma onda azul)
com a mulher mais bonita do mundo
(cabelos verdes, olhos amarelos).

"Conjugo vobis."

E ali mesmo, na praia,
sob o escândalo dos pássaros palradores
Deus diz: "Faça-se a Noite."
E cada vez que os dois se beijam
na manhã clara, faz-se a Noite.

E ali mesmo, na praia,
logo não há ângulo onde não se acoite
um nauta português com a sua bugra
fechando os olhos e fazendo a Noite...

A NOTÍCIA

Então o vento
lá dentro da serra,
onde apenas havia
o barulho insensato
das coisas sem nome
começou a bater
a bater rataplã
no tambor da manhã.

Então os ecos
saíram das grutas
levando a notícia
por todos os lados.

Então as palmeiras
ao fogo do dia,
em verde tumulto,
pareciam marchar
carregando bandeiras.

Depois veio a Noite
e os morros soturnos
levavam estrelas
por vales e rochas
como uma silente
corrida de tochas...

E AGORA? E A SERRA DO MAR?

E agora? e a Serra do Mar?
E logo os três, Santo Anchieta
(com os seus trinta Anjos da Guarda)
e mais o velho Marujo
(Cabral me contou e eu vim)
e sua mulher, a Uiara
(cabelo verde, olho de ouro)
subindo pela parede
azul e perpendicular
(caminho jogado no ar)
sobem a Serra do Mar.

E, então, sem olhar pra trás,
pés carregados de abismo,
o Marujo, o Santo e a Uiara
chegam ao fim da subida;

e então olharam pra baixo.
E só em olhar supuseram
que estavam, os três, azuis.
Tão alto, tão longe estavam...
olhos cheios de lirismo.
Pés carregados de abismo.

Como todo santo, Anchieta
tocado de graça estranha
quer é o alto da montanha.
Onde possa, a qualquer hora,
montar o dorso do rio
que por bem de Deus exista
em oposição ao Mar,
pra ir brincar com o gentio
que dentro do sertão mora;

ou embarcar numa nuvem
pra ir ver Nossa Senhora...

A NOITE VERDE

E agora? e depois da Serra
azul e perpendicular
que do céu caiu no mar?

Estavam os três à porta
do Sertão em cujo centro
ninguém poderia entrar.
E a Uiara, chamando Anchieta
humilde, em sua roupeta,
e Martim, lobo do mar,
irmão mais velho do vento,
mas agora seu marido,
por amor, por valimento,
lhes disse: espiem lá dentro.

E logo o Marujo e Anchieta,
ambos de olhos coruscantes
espiaram, por um vão de árvore,
tudo o que tinha lá dentro,
com a mesma curiosidade
que levou o Rei do Mato
a abrir, naquela manhã,
o fruto de tucumã.
E viram lá dentro, viram,
o Sol, saindo da Terra,

da mesma forma que a Serra
no alto da qual se encontravam
tinha saído do Mar.

E viram lá dentro, viram,
o **Tietê** filho da Serra,
que corria atrás do Sol.
Quem de sua água bebesse
(marinheiro, de onde vieste?)
matava a sede do corpo
mas adquiria outra sede
muito mais grave, a do oeste.
Sede de só caminhar
pelo continente adentro
em oposição ao mar.

E espiaram de novo, e viram,
lá dentro, num fim de mundo,
onde gorjeava o "sem-fim",
léguas e léguas dormindo
sem ninguém mexer com elas,
bichos grossos, que viviam
bebendo seiva, água virgem,
leite de lua, cauim,
ainda agarrados nas tetas
de grandes árvores pretas,
ou enroscados no tronco
do sertão compacto e bronco
em cuja unanimidade
um pássaro, ainda bíblico,
cantava: fon-fin, culó!

e o homem era irmão de tudo,
pois tudo era um mundo só.

E espiaram de novo, e viram,
e viram o Corinqueã
tão grande que não existia.
Conheceram a Mãe-d'Água
cujo mais doce carinho
era fazer seu próprio noivo
se afogar em redemoinho.
E o Minhocão, salpicado
de Sete Cores, que bebia,
num só trago, a água de um rio.

E o Bicho de Sete Caras,
cada cara com a sua cor.
E o Ipupiara, mais temido
que o gigante Adamastor.

E a jiboiaçu que à noite
chupava o leite à cunhã,
pondo a causa como teta
na boca do pequerrucho,
faz de conta, faz de conta,
quando se via era manhã.

E espiaram mais longe e viram
o próprio Sertão antropófago,
glutão, comedor de gente,
lambendo os beiços de gosto,
à hora de cada almoço;

ele no centro, onças por volta,
ele comendo coração
de prisioneiro, e elas, as onças,
brigando por causa do osso.

Ainda tinha, lá dentro,
no Sertão do Nunca Dantes
(simples mataréu medonho
onde o Brasil não passava
de uma fábula, de um sonho)
o mostrengo Matuiú.
Matuiú, traidor da Terra,
aliara-se com o Pirata
de olhos azuis, vindo do mar.

E a Terra, onde o próprio rio
nascera de costas pro mar,
deu-lhe um tremendo castigo.
O de fazê-lo caminhar,
rosto voltado pra leste
e dedos dos pés pra oeste.

De modo que, quando o dito
fosse em caminho do mar,
no chão ficasse o seu rasto;
dando o dito por não dito.

Dizendo que não e não...
Dizendo que ele era filho
não do mar mas do Sertão.

E os índios em bandos, coroados de penas;
O grito do mato habitado por bichos de todas as castas, com borboletas de todas as cores, com urros de feras famintas nas tocas, com cobras de fogo a correr pelos vãos da paisagem;
e todo o tesouro ainda virgem da Terra;
e o Sertão que trancava a passagem
— "Aqui ninguém entra, quem manda sou eu!"
com as raízes da vida enterradas no chão.

        O sertão!
        O sertão!

A VILA DE ANCHIETA

E num dia de janeiro
parecendo ao *Padre in Domino*
que era justo esse lugar,
ali, bem no alto da serra,
junto à porta do sertão,
Anchieta funda uma vila
que seria a mãe de todas
as vilas da redondeza:
casas lisas e quadradas,
brinquedo de ruas tortas.
Própria de um povo apressado
que iria rasgar caminhos
rumo ao sertão ignorado.

E que Deus desse a esse povo
bons músculos e bons ossos,
e a sedução do horizonte
cheio de coisas remotas...

Santo Anchieta teve logo
a ajuda não só dos índios
mas dos bichos, pois uma onça,
tomada de humilde assombro,
lhe veio lamber a mão.
E um bando de uirás em festa

lhe veio cantar no ombro.
E o rio lhe trouxe a água
para a primeira parede.
E a água se fez orvalho
pra sua primeira sede...

E já um carijó sapateiro
que depois trabalharia
como um louco, noite e dia,
em sapatões pra Gigantes,
lhe fez um par de sandálias;
que o seu destino de santo
era o mais simples de todos.
Era andar, andar, andar.

Ora em caminho do Mar,
ora pra dentro da Terra,
subindo e descendo a Serra
azul e perpendicular.
O seu destino era andar.

Sonho de quem mal dormia.
Olhos cheios de horizonte.
Pés tontos de correria.
Pensamento no futuro...

Sonho sonhado em chão duro.

A RAÇA CÓSMICA

Mas o Marujo português havia casado com a Uiara
e pronto! nasceram os Gigantes de Botas.
Que a princípio eram três.
Heróis geográficos coloridos que irão cruzar o chão
da América inculta ainda oculta, em todos os sentidos.

Gigante tostado no sol da manhã;
Gigante marcado com o fogo do Dia;
Gigante mais preto que a Noite;

todos três,
cada um valendo por três,
e mais uma força que parecia somar o empurrão
da montanha ao impulso, trazido do Mar;

todos três,
brutais como Deus os fez,
o homem da Terra, com o seu nomadismo;
o homem do Mar, com a sua carga de aventura;
o homem da Noite, para afrontar o sol dos trópicos;

todos três,
e todos de uma só vez,
calçaram Botas Sete-Léguas
e entre a voz que chamava (a magia)

e outra voz que manda (a ambição)
e uma outra que não discutia (a obediência)

todos três,
de mão dadas
e pela primeira vez,
deuses-bichos, com barba de cipó,
depois de haver bebido em grandes goles
a água do rio que nascera
correndo pra dentro da terra e de costas voltadas
pro mar;

todos três,
bateram à porta do Sertão antropófago num tropel
formidável: "Nós queremos entrar!"
Era uma vez...

Estavam no alto da montanha.
Nenhuma pedra lhes prendia os pés.

E lá se foram
todos três.

TROPEL DE GIGANTES

A Victor de Azevedo

E a vila que se fundara
por trás do muro da Serra
(a princípio eram só três)
logo é um covil de Gigantes.
A cavaleiro do mato,
que é o sertão de Nunca Dantes.
Felpudo, trancando a Terra;
e espesso, na manhã clara.
E os Gigantes, nunca vistos,
e seus filhos numerosos,
nascidos no alto da Serra,
têm nomes tão sugestivos
que lembram caricaturas
de suas próprias figuras.

Quem são eles? quais seus nomes?
Os Sardinhas, pai e filho.
Os três Fernandes: André,
Domingos e Baltazar.
Botafogo, André de Leão
de juba atirada ao vento.
Outro se chama Raposo,
feroz, calçudo, briguento.
(Raposo, pra entrar no mato,
assina logo um contrato

com a morte, o seu testamento.)
Manuel Preto que, de preto,
só tem o nome, dá a ideia
de ir deixando tudo preto.
Borba Gato lembra um gato
rajado de ouro, que salta
no peito de um Moribeca,
à hora certa, em pulo exato.
Fernão é o gigante louro
que, em vez de caçar o bugre,
vai é à caça da esmeralda.

Anhanguera é o Diabo Velho
carantonha verde-crua,
que tem um olho de sol
e outro, branco, como a lua.
E o Gago? e o Tumurucaca?
E o rude Pascoal Moreira
fronteiro do mato em grosso?
E o Pay Pirá? e o Caga-fogo
de sobrancelha vermelha?

E Domingos Jorge Velho
de colar negro ao pescoço?
E o Manco e o Jaguaretê?
E o Polaio? e o Pé de Pau?
E o Apuçá? o Bixira, e "El Tuerto"?
E o Negro, "Tuerto de un Ojo"
que irá surrar o espanhol?

E uns após outros, faiscantes
"nós nunca fomos vassalos!"
formando uma nova gente,
que o mundo não tinha visto
antes e depois de Cristo,
partem, com as suas bandeiras
que são grupos aguerridos
de brancos, índios e pretos,
todos nascidos, de novo,
no sangue de um mesmo povo,
cada um valendo por três,
ou todos de uma só vez,
partem levando nas botas
um barulhão matutino
para o mais vário destino...

O DRAGÃO E A LUA

I

Olha o dragão, que vai comer a lua! Olha o dragão!
Todos vêm à janela, arrepiados de medo,
ver o dragão que come estrelas na amplidão,
como se triturasse uma porção de bolas de ouro
dentre as negras mandíbulas de carvão.

Todos vêm ao quintal, à sombra do arvoredo,
ver o dragão de dentes brancos latescentes,
que anda bebendo a noite em plena escuridão,
tendo um resto de luar a escorrer-lhe dos dentes
e uma nuvem rasgada a pender-lhe da mão.

E vai sumindo pouco a pouco, e vai sumindo
mais lindo do que nunca o alvo corpo da lua;
é uma mulher de prata, inteiramente nua,
que está tremendo em vão nas garras do dragão.

Olha o dragão, que vai comer a lua! Olha o dragão!

E pelas portas, no terreiro da fazenda,
os homens de alma pura, os caboclos da roça,
começam a fazer um barulhão
batendo em latas velhas e arrastando um caldeirão
pra espantar o dragão!

II

 Mas, no outro dia,
passado o pesadelo que oprimia
o coração da boa gente do sertão,
depois de haver caído a chuva de janeiro
um arco-íris coroa os píncaros da serra
como se engrinaldasse a fronte ao mundo inteiro
e como se abraçasse os dois lados da Terra!
 E todo o mundo diz, então:

certo é o dragão que se mudou em sete cores
e está bebendo agora a água do ribeirão!

NA MANHÃ GIRASSOL

Que vão fazer tais Gigantes,
figuras de barro vivo,
sem lógica, na manhã
desse universo girassol?

Vão matar os bichos todos...
Vão buscar o couro da Onça...
Vão caçar o dragão de ouro
que se chama Pai do Sol.

Que vão fazer tais Gigantes,
cheios de estranho destino,
tendo o horizonte nos olhos
e tão engraçados de nome?
Tão rápidos na partida
que, se um azula, outro some?

Vão ficar verdes por dentro...

Vão morrer azuis de fome...

SINAL NO CÉU

E uma cruz misteriosa de estrelas
abriu no céu os seus braços de luz
como uma enorme profecia:

Eu sou a cruz do cruzamento!
O cruzeiro do amor universal.

Eu tenho estes braços abertos
assim, na amplidão dos espaços,
como que pra dizer: vinde todos!
que este céu é bastante profundo
e servirá de teto a todos quantos
sofrem no mundo;
que este chão é bastante fecundo
e dará de comer a todos quantos
têm fome, no mundo;

que estes rios darão de sobejo
pra mitigar a sede a todos quantos
têm sede, no mundo.

Sinal da cruz, descrucificador
porque signo de "mais", de soma e aliança.

Eu sou a cruz dialética do amor.
Um abraço de estrelas a quem chega
à procura de uma ilha
no mapa-múndi da desesperança.

Porque eu sou o caminho, ainda obscuro,
por onde, finalmente,
desfilará a humanidade do futuro.

INFORMAÇÃO SOBRE A SERRA DE PRATA

"Se há prata no Peru
e se a terra é toda huma
tem que haver prata no Brasil
por boa razão de filosofia."

MÃE-PRETA

Ouviu-se uma voz de choro
dentro da noite brasileira:
"Druma ioiozinho
que a cuca já i vem;
papai foi na roça
mamãi foi também."

E a noite pôs, em cada sonho de criança,
uma porção de lanterninhas de ouro.

E o dia era um bazar onde havia brinquedos,
bolas de juá, penas de arara ou papagaio;
dia-palhaço oferecendo os seus tucanos de veludo.
Árvores-carnaval que jogavam entrudo.
Cada criança, ainda em botão,
chupava, ao peito de carvão de uma ama escrava,
a alva espuma de um luar gostoso tão gostoso
que o pequerrucho resmungava
pisca-piscando os dois olhinhos de topázio
cheios de gozo.

Parou o bate-pé dos pretos no terreiro.
Lá fora anda a invernia assobiando, assobiando...
O céu negro quebrou a lua atrás do morro.
Quem é que está gritando por socorro?

Quem é que está fazendo este rumor?

As folhas do canavial
cortam como navalhas;
por isso ao passar por elas
o vento grita de dor...

(O céu negro quebrou a lua atrás do morro.)
"Druma ioiozinho
que a cuca já i vem;
papai foi na roça
mamãi foi também."

INFORMAÇÃO SOBRE A SERRA DAS ESMERALDAS

"A pedreyra é verde.
O ryo que sai da pedreyra tem a água verde.
As hervas que dentro dele se criam são verdes
Athé o peixe aly é verde."

REIS MAGOS

E pra ouvir a sua história
vieram três reis encantados:

um vermelho, o que lhe trouxe
a manhã como presente;

outro branco, o que lhe havia
feito presente do dia;

outro preto, finalmente,
rosto cortado de açoite.
O que lhe trouxera a Noite...

O "SEM-FIM"

A barraca ambulante,
as arrobas de pólvora e balame,
os enxós, as enxadas,
as bateias, as cuias,
as foices, as redes de embira,
as bruacas de couro, os anzóis,
os gibões de algodão,
os facões, os machados,
e uma viola de pinho...
e que mais?

E chumbo com armas de fogo
mosquetões, escopetas,
pra espantar o selvagem;
batelões pra transpor quantos rios topassem na viagem;
provisões nas sacolas de couro pra cinco jornadas,
sapatões pra duzentas estradas,
chapelão pra dez anos de sol e de chuva;
e o Tietê, que nascera correndo pra dentro
da terra e de costas voltadas pro mar
conduzindo pirogas morenas
com homens de bronze formando bolotas de músculos
no peito e nos braços,
pra onde vão? não sabemos
é uma voz que nos chama

e é esta voz que dirá nosso fim.
E os Gigantes partindo pro mato
um por um; vocês rezem por mim!

Longe, apenas um canto de pássaro
    dizendo "sem-fim"...

O GIGANTE Nº 1

1

Quem vem lá? André de Leão.
Que deseja? O Sol da Terra.

2

E por um vão matutino
lhe aparece o Currupira
logo à porta do Sertão.
Currupira, ou Cererê,
Cererê, Brasil-menino.
Dentes verdes, o cabelo
mais vermelho do que brasa.
"O caminho é por aqui.
Suba primeiro esta grota...
depois aquele espigão.
Este é o caminho da casa
onde mora o Sol da Terra.
Por ele é que todos vão..."

3

E indo logo, sempre adiante
de André de Leão, o Gigante,
pra lhe mostrar o caminho,
o Demônio da Floresta
vai é ensinando os cipós
a dar nós cegos no chão.
Vai é ensinando os riachos
a promover redemoinho.
Vai é dizendo no ouvido
das onças que aquele intruso
aquele homem rutilante
de uma raça cor do dia
é que é bom pra ser comido.

4

Mas, eis que a uma certa altura
já se vão duzentas léguas
a viagem, que ia tão rica
de enredo, se modifica.
E o Demônio, que ia à frente
do Bandeirante, sagaz,
agora caminha é atrás.
Feliz por ter conseguido
ensinar caminho errado
ao intruso mais sabido,
apaga-lhe o rasto às botas
pra deixá-lo sem futuro.

5

Que adiantaria ao intruso
saber demais, num sentido
e noutro ficar confuso?
Saber grego, ser sensato,
sem saber andar no mato?

6

Então um da tropa escuita
certo gorjeio no escuro...
Não é pássaro, é a Mãe-d'Água
que canta numa lagoa
lá num cafundó do judas
por arte do Currupira.
E logo o da tropa encontra
não o gorjeio que ouvira
mas o urutu, cruz na testa,
que ao seu pescoço se atira.
Outro que ia caminhando
e abrindo penosas brechas
no verde bruto enrediço
ao passar por umas árvores
cai ao chão que nem ouriço,
corpo crivado de flechas.

7

Onde estás, ó Sol da Terra?

8

E André de Leão recomeça
a viagem longa e penosa...
Em cada gorjeio ou chilro
há uma alegria funesta.
Que ali, no fundo do mato,
aonde ninguém penetrara,
por arte do Currupira
a morte é sempre uma festa.

9

Ali, o tamanduá-bandeira,
já por feroz gentileza,
ao vê-lo penando tanto
já de coração tão ralo,
quer, entre todos os bichos,
ser o primeiro a abraçá-lo.

Ali, o inimigo traiçoeiro
mora oculto sob as flores...
Ali moram alvoradas
em forma de onças pintadas
e os pensativos tucanos
lembram pássaros humanos.

Ali, as catástrofes brincam
sob as mais chistosas cores.
Ali, o índio carniceiro
não gosta de presa incauta.
Quando come um prisioneiro
tira-lhe um osso da perna
e já sai tocando flauta.

Quantas noturnas insídias
num simples ramo de orquídeas!

10

Um tronco, junto do qual
se faz fogo, sai andando.

Rubro colar de rainha
ao ser achado, caminha...

Um negro foge, rapta uma índia
que estava nua no mato;
quer obrigá-la a ser sua.
Mas vai a escolta buscá-lo
e já o bem-te-vi, exato,
com o seu enorme alarido
conta onde ele está escondido.
E volta o preto amarrado
com índia e tudo, gritando
bem-te-vi amaldiçoado!

11

E André de Leão, que tem pressa,
chama os seus Anjos da Guarda,
cor-de-rosa, ou invisíveis,
de mistura com os seus bugres
que são crianças incríveis
(anjos do céu mameluco)
cada qual com o seu trabuco;
e a jornada recomeça.

Onde estás, ó Sol da Terra?

12

Nossa Senhora anda braba...
viagem que nunca se acaba!
O padre caminha em rede;
gente rica, na cidade,
só anda de palanquim.
Santo só anda nos ombros
dos pecadores, não sabe
o que é andar a pé, no mato,
cheio de estrepes, assim.
Onde estás, ó Sol da Terra?

Dormir, ele já não dorme,
capaz que a insônia lhe deixe.
Chorar ele já não chora
de tão pobre, de tão roto,
pois já gastou todo o pranto
em chorar quando garoto.

E porque fez testamento
já vai todo dividido
em seus futuros destroços.
Deixo ao sertão o meu rosto,
magro de tanto desgosto.

Ao fisco deixo o meu suor.
Ao sol reservo o meu sangue
e à lua, que menos brilha,
nessa futura partilha
que posso deixar? os ossos.
Minha mãe, Nossa Senhora,
arrimo de que me valho,
bendita sois entre os pássaros
que cantam de galho em galho.
Onde estás, ó Sol da Terra?

13

E é tanta a conspiração
que André de Leão adormece
em sua rede de embira
por ter tomado cauim.
E o Currupira, o pequeno
deus mágico da floresta
(Deus foi demônio em menino)
que embebedara o Gigante
pé ante pé, até que enfim,
blefando os Anjos da Guarda
lhe surrupia o roteiro
que ele trouxera escondido

numa bruaca de couro.
Quando o Gigante abre o olho
tonto de tanta mentira
já está preso, sem roteiro,
sem Sol da Terra, sem nada,
na cruz de uma encruzilhada.

14

Onde estás, ó Sol da Terra?
O Caapora, satisfeito,
acende o enorme cachimbo
no lume de um vaga-lume,
lhe vindo, não sabe de onde,
lâmpada cor de safira.
Canta ao longe um noitibó...
E o jabuti toca flauta.
Contente. Fon-fin, culó!

15

Onde estás, ó Sol da Terra?

A LANTERNA MÁGICA

E foi
tão grande o seu desespero
    na encruzilhada
e a noite era tão escura
na floresta e nos campos,
que o próprio Currupira
    ficou com pena
e lhe arranjou uma lanterna
    de pirilampos.

"Pouco importa
que a noite seja escura,
porque foi apanhar água
    no ribeirão
e quebrou seu pote branco
numa pedra do barranco
fazendo esta escuridão.

Vá por aqui, direitinho,
    com esta lanterna
na mão, alumiando o caminho...
e você encontrará o que procura!"

E ele saiu pelo sertão,
procurando o Sol da Terra
com uma lanterna de pirilampos
    na mão.

CONIMÁ, O FEITICEIRO

I

Cabeça de Porunga, Conimá, o Feiticeiro do Mato, aparece ao Gigante de Botas:

Conimá — Que procuras, com essa lanterna boba de pirilampos na mão?

Gigante — Procuro o Sol da Terra, a Montanha Dourada.

Conimá — Estás tão longe dela como de ti mesmo. Não a encontrarás se a procuras apenas com os olhos do rosto.
Tudo o que irás fazer parecerá que é de fábula.
Os homens dirão: aqui não se acredita em fábula.

Pra não parecer fábula mandarás lavrar uma ata de cada feito; e os deuses dirão: aqui só se acredita em fábula.
Serás também herói e bandido ao mesmo tempo, quando chegares à fronteira; herói para o lado de cá, bandido para o lado de lá.
Serás, ainda o Gigante que foi fazer uma Coisa e fez Outra.
E se chorares, chorarás sangue, mas dirão que choraste ouro.

Gigante — Como vencerei, no futuro?

Conimá — Só no dia em que não houver fábula, nem fronteira, nem ouro.

II

Então o Gigante de Botas espiou, como já era seu costume, por um buraco de fechadura;
e viu o Sol da Terra, faiscando lá dentro;
e viu a Uiara de cabelo verde, nua;
e viu uma outra Coisa, que ele não quis dizer de tão fabulosa, imoral;
e partiu, de novo, para o sertão bíblico, orquestral, totalitário.

Conimá ficou falando sozinho:
"Ó Monte! Ó grande Monte! Do teu seio sairá, de ouro, outro monte. Ao teu ouro grande fome adiantará; e nela, por sete anos estendida, pouca vida haverá. Teu descobridor pobre será. Ai dele, que, por prêmio, morte terá!"

UM APÓS OUTRO

Na Noite Verde do Sertão
lá pelos cafundós do Oeste,
havia ouro? havia prata?
A ambição dizia que sim.
A morte dizia que não...

Na Noite Verde do Sertão
que trancava o chão da América,
havia bichos fabulosos,
mas também havia ouro,
havia prata e mais prata.
Não era só prata, não.
Tocam os sinos do planalto...
Ah! as três montanhas que havia
na Noite Verde do Sertão.
Que maravilha, ir buscá-las!
Que terror, a Noite Verde.

E os Gigantes, um por um,
cada qual com a sua gente,
iam de novo beber,
sequiosos, em grandes goles,
por um desígnio celeste,
água no rio misterioso
que nascera junto à serra

mas dera as costas ao mar.
E logo assim adquiriam
a sonora fúria agreste
de só caminhar pra Oeste.
E, calçando as botas mágicas,
logo bem longe estarão...
Que terror! na Noite Verde.

É a própria vila que parte
e vai a pé, casas ao ombro,
com a sua tropa de assalto,
semeando, por onde passa,
gritos de encanto e de assombro
É a própria vila que parte
e vai a pé, falando alto...
Rio de gente? Procissão?
Tocam os sinos do planalto.
Nossos avós, crianças grandes,
partem chorando de emoção...

E os que um dia voltarão?
E os que ficarem, enterrados,
mortos de doença ou de fome
procurando o Sol da Terra
na Noite Verde do Sertão?
Onde estará André de Leão?

E um sino dizendo que sim.
Meu pai virá, o Pay Pirá.
E um outro dizendo que não,
não e não... isso é que não

E as duas irmãs da jornada,
noivas da tropa, lá se vão
pra Noite Verde do Sertão...

Uma dizendo que sim,
outra dizendo que não.

O GIGANTE Nº 2

I

Saiam todos da frente
que eu quero passar!
Não perguntem quem sou,
que não posso parar.
Saiam todos da frente
que eu quero passar!

E vai daqui, e sai lá,
Raposo é uma tempestade
de homem, sob o grão azul.
Que varreu o Guairá
e lá se foi, rumo ao Sul.

— Quem és tu? herói ou peste?
bicho, ou algum deus veloz?

Cordial como pomba mansa,
quando pede, mas feroz
como um jaguar, quando ordena,
o Gigante número 2
vai levando de vencida
bichos, padres, espanhóis.

No fim eram só destroços
de aldeias e de jesuítas
rezando os seus padre-nossos.

— Homem de uma palavra só. Chamava-se Raposo.

Saiam todos da frente
que eu quero passar!
Não perguntem quem sou
pois não posso parar.
Saiam todos da frente
que eu quero passar!

II

Bichos, padres, espanhóis,
botam as mãos na cabeça,
quando ele passa, levando
seu longo rio de gente
— dois, cinco mil mamelucos —
entre flechas e trabucos
para o sul do Continente.

"Meu Deus, que maldade a deste
bandolero de San Pablo!"
sem se lembrar que os bandidos
residem na mesma casa
dos mágicos, dos heróis;
que Deus escreve direito,
não raro, por linhas tortas,

pois o mundo foi malfeito...
Que os índios, velhos rivais,
se comiam uns aos outros
nas festas do mundo mágico.
Que a mais rude das "descidas"
não tinha menos de trágico
que a melhor das "encomiendas".
E que Raposo, em confronto
com os crimes da sua época,
ainda seria um anjo...
Anjo que andasse de botas
à frente do seu exército,
caçando bugre com bugre
na voz do causo e do conto
que o historiador, ainda tonto,
quando conta aumenta um ponto.

Saiam todos da frente
que eu quero passar!
Não perguntem quem sou
pois não posso parar.
Saiam todos da frente
que eu quero passar!

E tudo caía de joelhos, pedindo socorro.
Onças ruivas saltavam a esmo, os gaviões retiniam
porque, de um modo ou de outro, ele passava mesmo!

III

Logo depois, sem descanso,
ei-lo de viagem pra Oeste,
e quando menos se pensa
em que mundo ele estará
Raposo é um deus magnífico
que se debruça nos Andes
sobre as águas do Pacífico.
E vai daqui e sai lá,
quando se sabe, ei-lo agora
filho da Rosa dos Ventos
descendo o rio Amazonas
e saindo em Gurupá.
"De onde vens? Venho dos Andes."
E o rio de águas serenas
diante do qual as coisas grandes
do mundo ficam pequenas;
o rio, com pés de barro,
lhe pareceu um brinquedo
em seu mudo cataclismo,
em seu bíblico segredo...

Mas um dia, eis que Raposo,
herói geográfico terrível,
entrando lá, saindo cá,
atravessa, ponta a ponta,
e a pé, todo o Continente.
"De onde vens? De Gurupá!"

IV

Até que tornou da jornada
platina, andina e amazônica.

Saltou do sertão bruto certo dia,
transfigurado, a gritar de alegria
que nem bruxo de esporas,
chapelão de aba larga, e de tranças
que saltasse de um pulo, ainda sujo de barro,
de dentro de uma caixa de surpresa,
assustando as crianças.

Homem supremo
em cujo coração a indômita vontade
de caminhar era uma forma
de tempestade.

Com o seu carregamento de anjos bravos
arrancados ao último paraíso.
Plumas de papagaio pelo corpo
e o fogo agreste da manhã nos olhos.

Trinta anos de caminhada!
Quase que irreconhecível.
E aparece em Quitaúna
pedindo que o desculpassem
se a sua viagem, tão crua,
que era seu pão de cada dia,
se parecesse com alguma
proeza de mitologia

contada em noite de lua...
Havia andado tanto tanto
a pé, pelo Continente
(entrava aqui, saía lá)
que fora um, voltava outro.

Dormira com o rosto ao chão
tantas vezes, e a tal ponto,
que lhe nasceu musgo ao rosto...
Deixou pedaços de sangue
no agudo ferrão dos mumbavas.
Deixou suas esperanças
como um canteiro desfeito
pelas formigas de fogo
que lhe corroeram o peito.
Trazia a neve dos Andes
no imenso cipoal do cabelo.
Voltava, enfim, mas tão outro
que os cães e a própria família
não mais querem recebê-lo.
Não era o mesmo, era outro.

Que dor, a de ter ouvido
dos próprios filhos a horrível
exclamação de que é outro!
Antes fosse outro... antes fosse,
vinte, cem, mil vezes outro.
E ele era o mesmo? era outro,
não só no rosto mas ainda
na voz do causo e do conto.
Havia andado tanto tanto

a brincar de cabra-cega
com o Continente, a tal ponto
que o historiador ficou tonto.

"Saiam todos da frente
que eu quero passar!
Não perguntem quem sou
pois não posso parar!
Saiam todos da frente
que eu quero passar!"

E é tal a sua façanha
que precisava ser fábula
para ser acreditada;
pois só em fábula se encontra
verdade igual, ou tamanha.

V

"Pois esse deus vagabundo, menino,
foi quem desenleou ponta a ponta o novelo do nosso
[destino
Foi quem percorreu toda a América em passadas tão
[grandes
que um dia se debruçou na muralha dos Andes
para ver o outro lado do mundo!"

VI

Homem de uma palavra só. Chamava-se Raposo.

O GIGANTE Nº 3

E aquela serra que resplandecia
na Noite Verde do Sertão, lá longe,
e ia mudando sempre de lugar?
Quem, onde, quando e como a encontraria?
Outro Gigante — Fernão Dias Pais
— este o número 3 — a irá buscar.

E as léguas todas vieram recebê-lo,
mal ele entrou no mato, com o seu povo.
E enrolaram-se, todas, em novelo
ferocíssimo em redor de suas botas.
Mas ele, achando graça na distância,
esmagou a cabeça às léguas todas
que o cercavam, em bárbaro atropelo,
sob as botas de couro, e lá se foi,
atrás da "serra que resprandecia"
sem saber onde e quando a encontraria.

Mas a distância lhe passou à frente
chamando por mais léguas, que outras léguas
lhe viessem! E outras mais, e ainda outras,
pra se enrolar nas botas do Gigante
e acorrentá-lo ao chão, rio-cavalo,
na cauda branca de algum redemoinho
e afundá-lo no lodo dos pauis.

Ele, porém, se desenleou das léguas
como um deus mágico que se desenleasse
de um polvo azul, de cem braços azuis!

Mas a distância lhe correu à frente
pedindo novas léguas, outras léguas,
ainda em maior número, e mais rápidas,
pra se enrolar nos pés do bandeirante
e assim detê-lo através do sertão
mas tudo em vão! que os maiores obstáculos
lhe seriam graciosos, e mesquinhos.

Ele ia governar as esmeraldas,
poeta do mato, abridor de caminho,
e amarraria os braços ao sertão
com o amarrilho vermelho das estradas.

Que era assim mesmo, cada bandeirante.
Uma brutal tempestade de gente
que, por onde passava, ia deixando
seu longo rasto de cidades brancas
azuis ou tristes, pretas ou douradas.

Tropa de poetas, entre os quais seguia
algum Orfeu caboclo, lira em punho.

Com os seus trabucos, que iam carregados
muito mais de poesia que de chumbo;
e seus baús de boi, abarrotados
mais de esperanças que de mantimentos.
E quanta vez, já em pleno labirinto,

do sertão bruto, em ásperas refregas,
não lhe querem furtar as esmeraldas
que ele nem sabe se achará ou não
por um sertão de quatrocentas léguas!

Cada légua possuía uma cabeça
de montanha e, como cauda, um rio.
Parecia uma cobra mitológica
fulgindo sob a escama d'água espessa
e com a cauda enrolada na cabeça.

AS PEDRAS VERDES

Mas, agora o sertão está dormindo...
Todas as léguas que ainda há pouco
se enrolavam nas botas do Gigante
também estão dormindo que nem cobras
    enrodilhadas
nos anéis das futuras estradas...

E os caminhos também, estão dormindo
    no recesso das grotas...
    livres do horrendo pesadelo
    das botas.

O fantasma da lua vem chegando
devagarzinho por dentro das árvores
pra não quebrar o sono do sertão
que dormiu, com a cabeça azul tardonha,
no imenso travesseiro da montanha...
Agora, ninguém sabe o que ele sonha...
As pedras verdes! ninguém sabe
    onde estão!

Pois antes de dormir ele teve o cuidado
de esconder o terrível segredo
e de trancar todas as grutas a cadeado!
fazer calar todos os ventos

que brincam no chão ou em bailados aéreos...
E encher de verdes carrapichos
o ouvido de todos os bichos...
E costurar a boca a todos os mistérios.

E é tão profunda a hora do descanso
que tudo quanto é bicho fica manso.
Mas há também um grande medo...
Há cochichos do vento no arvoredo...
    Ó vento, toma cuidado!
deixa o sertão que durma sossegado.

Mas enquanto o sertão assim ressona
é que a terçã infiel lhe sai do leito
enleada apenas no cabelo verde
com muito jeito... pé ante pé...
pra vir dormir com o bandeirante
e contar-lhe (ai, que medo)
    o terrível segredo:
aqui estão, escondidas com loucura,
as pedras verdes que você procura.

LUA CHEIA

Boião de leite
que a Noite leva
com mãos de treva
pra não sei quem beber.

E que, embora levado
muito devagarzinho,
vai derramando pingos brancos
pelo caminho...

QUE MAIS SERÁ PRECISO?

Governar esmeraldas...
Que é preciso? É preciso
não ser Gigante apenas
mas ter perdido o juízo.

Governar esmeraldas...
É preciso, pra tanto,
saber em que recanto
do mato elas estão;
ou se existem, ou não.

Mas é preciso ter
bons músculos, bons ossos.
Pois não basta ser poeta.
Governar esmeraldas...
É preciso, pra tanto,
que a poesia aconteça.
E Fernão Dias Pais
já sabe o que é preciso.

É preciso levar
um poema em cada perna
nessa viagem penosa
que já se fez eterna.

Suar sangue, de fadiga;
roer sabugo de milho
pra não morrer de fome.
É preciso — que importa
a riqueza, no escuro
leve a caminhos falsos? —
ser verdadeiro homem,
pra ir buscá-la, e mais homem,
pra entrar no Sumidouro
por ignorado trilho
levando a sua tropa
de poetas já descalços.

É preciso ter sede
bebendo a própria água
que os seus olhos destilem;
ou morrer de terçã
no fundo de uma rede:
ser noivo sistemático
da estrela da manhã;
ou caminhar sem rumo
tendo apenas por bússola
o dedo azul de um monte
perdido no horizonte...

Ah! ninguém queira, um dia,
governar esmeraldas.
É preciso ser forte,
aceitar a poesia
da verdade, que é a morte.
E quando vem o intruso

Rodrigo Castel Blanco,
dizendo que são suas
as pedras verdes... não!

Quem governa esmeraldas
sou eu, neste sertão!
Fernão Dias Pais já sabe
o que será preciso.
E já se ouve o estampido
de um tiro, é Borba Gato
que mata Castel Blanco
em nome do direito
mais ou menos obscuro
de quem sofre, no mato.
Triste de quem governa
esmeraldas no escuro!

Mas a tragédia imensa
não terminou ainda.
Governar esmeraldas
onde ofício mais duro?

E ali mesmo, naquele
cafundó, onde Judas
foi se esconder de Cristo,
eis Fernão Dias Pais
que é noivo obrigatório
da estrela da manhã,
ouve agora a cunhã
que lhe entra na barraca
como uma araraúna

e, branca de terror,
lhe traz a meada toda
da tétrica conjura.

É preciso, ah! é preciso
castigar o traidor!
"Seja quem for" exclama
o chefe bandeirante
e vai ver, é o seu filho,
sim, o seu próprio filho
quem sublevou a tropa
como conspirador!

É preciso, é preciso
(Fernão Dias Pais já sabe
o que será preciso):
vê-lo, já, pendurado,
suspenso a um ramo de árvore
como um pêndulo horrível
esperneando no espaço
sobre o seu coração
de pai, juiz e andarilho.
"Senhor Deus, Pai celeste,
que mais será preciso?"

E então, no Sumidouro,
Fernão Dias Pais, falando
em nome da justiça
que impera no sertão,
cruel, como é preciso,
manda enforcar o filho

que fica balançando
como um pêndulo horrível;
fruto enorme, selvagem,
suspenso a um ramo de árvore,
(tal como era preciso)

e com um resto de povo,
soturno, maltrapilho,
em feroz estribilho,
— triste de quem governa
esmeraldas no escuro —
Fernão Dias Pais, noivo
exato e obrigatório
da estrela da manhã,
calça as botas da viagem
dita das esmeraldas
e caminha de novo
na grande Noite Verde,
sem procurar saber
o que será preciso.
Porém, a cada passo,
no peito, não no espaço,
bate-lhe o coração,
como um pêndulo horrível
cruelmente preciso...

SÓ DEUS POR TESTEMUNHA

Carregados agora de distância,
os seus pés são de chumbo, a cada passo.

E os caminhos que abriu, não mais as léguas,
se enrolavam agora em suas botas
como acontece a quem cai de cansaço.
Era a terçã, não mais a estrela da manhã
sua noiva, no chão, não mais no espaço.

Até que um dia, em pleno mataréu,
É Fernão Dias Pais a rezar pra morrer.
Rosto branco de dor, pedras verdes na mão.
Caído ao chão com o seu cargueiro de esperança.

"Meus amigos! não é a jornada que me cansa.
É alguma coisa que me obriga a andar ainda
sabendo, de antemão, que a jornada está finda.
Sonho verde de quem, não tendo onde dormir,
não deve mais sonhar; no entanto, sonha ainda.

Forma de acreditar, não sendo mais criança...
Ó alimento dos que não têm o que comer!
      ó esperança!"

A ZANGA D'EL-REY

Ao saber, porém, agora,
que o Gigante número 4
apresta a sua bandeira
para uma nova jornada
na grande manhã sonora,
El-Rey, além-atlântico,
passa óleo pelo corpo,
deita-se ao chão e levanta-se
todo salpicado de ouro:

Mas, quem dormia em chão duro,
por um sertão sem caminho,
nutrindo-se a fruto agreste
ou a leite de ignorância
lá iria pensar em rei,
que dorme em cama de arminho
e noutro dia levanta-se
todo salpicado de ouro?
Com que direito esse rei,
lá de longe, além-atlântico,
lhes queria, por decreto,
amarrar as botas mágicas?
Pois quem levava nas botas
o ímpeto das madrugadas,
ora seu rei, seu El-Rey,
lá iria pensar em lei?

Desde o começo do mundo
a esperança fica a oeste...
No Oeste é que o homem situa
a outra terra, a da alegria
que não encontrou na sua.
Quem não sentiu essa obscura
determinação celeste?

E os Gigantes impossíveis,
crescidos sem lei nem rei,
os que foram, ainda ontem,
não se sabe onde estarão.
E os que amanhã serão idos
ainda mais longe irão...
A vila fica deserta
por todos os moradores
serem idos ao Sertão.

A ESPERANÇA MORA A OESTE

Branca no espírito de aventura,
na direção, no grito de comando;
índia no movimento
e africana nos pousos, nas lavouras,
ou em torno das minas, a bandeira,
não era tanto uma cidade em marcha
senão uma democracia viva, obscura
e ainda espectral, no sonho e na loucura.

E homens sujos, jogados
na praia, pela ruim natureza,
negros fugidos dos engenhos
ou detritos humanos cuspidos à margem
dos latifúndios, como inúteis, sem Brasil
e sem cura,
iam com ela, em sua massa anônima.

E nasciam, de novo,
nessa síntese bíblica, em caminho do Oeste.

Como que a voz do Oeste lhes falava
ainda tonta do clamor matutino:
    Só não irão
os que não ouvem a chamada do destino!
os que não vêem, os que não sentem nada

além desta floresta, além desta alvorada!
os que morreram em si mesmos
sem o ímpeto inicial da caminhada!
os que a distância não convida
pra conhecer o outro lado da vida!
os que o curiango não espera...
os que o porvir não acompanha!
os que se sentem presos na montanha!

    Ó vermelha manhã
    toda cheia de uiaras
    com gritos de araras
quando todo o Brasil era um simples rumor
                      [de águas claras!

O GIGANTE Nº 4

1

O Gigante número 4
joga-se pelo Sertão
trancando-se a sete chaves
pra viver entre as aves.
Lá onde o maracajá
nasce da folha do tajá.
No rio onde a Onça Preta
da Noite bebia água.

Pobre, sem lei e nem rei
se fez caçador de onça.

Se fez também, desde o início,
tão exato, tão seguro,
no seu arriscado ofício,
que vendia couro de onça
ainda viva, no futuro.

Qual a cor que você quer?
E quantas? e pra que dia?
E assim, desde o seu início,
vendeu todas as pintadas
que ainda estavam no mato
soltas como as madrugadas.

Os bororós, cujas filhas
só se casavam com bugre
que houvesse matado uma onça,
ficam tomados de pânico
diante de tais maravilhas...

E toda índia, a mais sonsa,
já não dorme no chão duro,
nem completamente nua;
dorme é numa geringonça
forrada com pele de onça.

Quem vem lá? É Borba Gato.
Pode entrar que a casa é sua.

2

E logo lhe deu o mato
prova de enorme respeito
nomeando-o chefe de tribo.

Chefe de tribo! antes fosse,
no sertão do Rio Doce.
E o próprio Caapora, um dia,
lhe oferece o seu cachimbo
feito de barro e poesia.

E mais bicho do que bicho
entre flores cor de brasa,
e tão bugre como bugre,

ele estava em sua casa.
Que dragonas mais festivas
para um tenente do Mato?
São essas flores nativas
que o sertão lhe joga ao ombro
quando ele, cacique branco
coroado de gavião rei,
mata o intruso Castel Blanco.
Ou — cabelo tatorana —
"sai daqui, frango calçudo"
declara guerra de morte
ao emboaba Nunes Viana.

3

E assim como outro Gigante
juntara ao seu nome próprio
o cognome de Sertão,
ele, o rude Borba Gato,
por amor ao seu desterro,
aos bichos, bugres e pássaros,
se fez tenente do Mato.

O PAI DO SOL

1

Mas um dia Borba Gato
que possuía vários títulos
já — o de Caçador de Onça,
o de Vigia da Terra,
mais o de Chefe da tribo
dos bororós, e ainda outros,
dos quais a tuba da fama
nunca lhe passou recibo,
andando por um caminho
encontrou o Pai do Sol.

Lá estava o tal, olhos de ouro,
sentado em meio ao Sertão.
Tendo cinco labaredas
de alegria em cada mão.

"Você está aqui, seu malandro
E como um novo Jasão
na conquista ao Tosão de Ouro,
já perto, chega não chega,
pé ante pé, devagarzinho,
por um vão da árvore espessa,
vibra no ar enorme foice,

rápida, em trinta relâmpagos,
e decepa-lhe a cabeça.
E o Pai do Sol, degolado,
ainda escorrendo fogo,
é posto, logo, aos pedaços,
em longos cargueiros de ouro.

2

No rio da Noite Verde
levando-lhe pés e braços,
deslizam canoas de ouro.

Um caçador, mais a oeste,
caçou veado a chumbo de ouro.

O vestido azul da santa
amanheceu, por milagre,
já bordado a fios de ouro...

A Rita da nação benguela
tem agora um colar de ouro.

Faísca do Pai do Sol
é o fogão onde o quitute
se faz em panelas de ouro.

Nos córregos, ou nas catas,
nas grupiaras, ou nas minas,
os escravos suam ouro.

3

El-Rey, de novo, lá longe,
passa óleo pelo corpo,
deita-se ao chão e levanta-se
todo rabiscado de ouro.
E nomeia Borba Gato
para general do Mato.

4

Na igreja de Sabará
um Cristo nu chora ouro...

O GIGANTE Nº 5

I

Pay Pirá vai buscar ouro.
É o Gigante número 5.
Pay Pirá vai a cavalo.
Caminho pra Mato Grosso.
Quinhentos negros atrás,
levando baús de bois.
Mantimentos multicores.

Se é rio, canoa n'água;
se é terra, canoa às costas.
Passa-vinte, passa-trinta.
Pay Pirá vai buscar ouro...
Pay Pirá vale por três.
Seu cavalo tropeçou
bate o casco numa pedra
e saltam fagulhas de ouro.

Pay Pirá vai para Oeste.
Quem quer ir com Pay Pirá?
E ele encontra um bando de árvores
que queriam ir com ele.
Bando de árvores andando...
Não eram árvores? Eram.

Não eram árvores, não.
Eram índios que se haviam
vestido de folhas verdes,
bem à porta do sertão.
Pay Pirá vai para Oeste...
Quem quer ir com Pay Pirá?

II

Ora são onças pintadas
que saltam no seu caminho.
Onças que trazem nas suas
manchas de carvão e de ouro
o signo das madrugadas.
Ora os dias coloridos
são mamangavas de fogo
que lhe entram pelos ouvidos.

Ora são as tempestades
loucas e de grenha espessa
que lhe jogam cacos brancos
de relâmpagos à cabeça.
E eis que ele escuta, no escuro,
o ronco do Avanhandava...
E o rio de águas traiçoeiras
das cinquenta e três cachoeiras
lhe aparece vingativo.

São cinquenta e três apostas
que o levam, durante meses,

e já mais morto que vivo,
a andar cinquenta e três vezes
por pedregulhos e encostas
com a sua canoa às costas.

"Quando Guató teve força,
Paiaguá andava quéto.
Branco acabou com Guató
e Paiaguá já tem ganja.
Por que não vai Pay Pirá
acabar com Paiaguá?"
E já o Vagabundo d'Água
o assalta com cem canoas
em forma de meias-luas!
Deus me acuda, Santo Antônio.
E sangue, e vísceras nuas,
dançam pelos redemoinhos...
Se viram em meias-luas,
o Paiaguá já lhes monta
em algazarra, nas quilhas,
fazendo-as de bois-marinhos.
Meias-luas, meias-luas,
bois-marinhos, bois-marinhos,
meias-luas, bois-marinhos,
bois-marinhos, meias-luas,
e Pay Pirá e Paiaguá
montados em meias-luas
um pra lá, outro pra cá,
no choque das esquadrilhas
de canoas, em cardume,
meias-luas, bois-marinhos

se reduzem a duas ilhas
em que as feridas parecem
depois de cena tão bruta,
flores de maracujá
nascidas durante a luta!
No fim um preto estrelado
de sangue cai de mãos postas
rezando à virgemaria.
Silvam flechas, gritam bocas
em prece, dentro da lama.
No fim era cada índio
montado numa meia-lua,
comendo um naco de carne
escuro da cor da noite
e outro branco, cor do dia.
No fim era Pay Pirá
agarrado ao Paiaguá
um pra lá, outro pra cá,
lá e cá... Pralapracá.

No fim de tudo eram só
naufrágios de mantimentos
e canoas já vazias
que ali dançam e, caladas,
vão-se embora vagarosas
sobre as águas estreladas.
Meias-luas, meias-luas,
sem remos e sem pilotos,
que Gigante de mãos frias
vos sonhou tão cheias de ouro
e vos leva assim, vazias?

III

Na viagem verde e penosa
pra que serviam trabucos,
mosquetões ou escopetas?
Só pra assustar borboletas.
Que valiam os trabucos
mesmo em terra, quando a luta
era de chuços, corpo a corpo,
de perguntas e respostas
tão rápidas que um caía
de bruços, outro de costas?
Se a cada golpe instantâneo
saltava o miolo de um crânio?
No fim era Pay Pirá
caminho pra Mato Grosso
saindo da água e passando
a navegar em chão duro
reduzido a vinte negros
e cada qual conduzindo
uma meia-lua às costas.

Não são as árvores que andam.
Venham ver! é uma cidade
que caminha sob as árvores.
E a multiplicação da noite
nos pedidos amorosos.
Fecha de novo os teus olhos
e finge agora que é noite...
E os casos de amor com índia
cada vez mais numerosos.

Ao lado das agonias,
dos gritos à hora da morte,
de Cristo dentro do mato,
das lutas encarniçadas
em que vencia o mais forte;
de homens flechados que caem
pererecando, pedindo
ao capelão que lhes venha
descarregar a consciência;
como uma gota de orvalho
que cai numa folha grossa.
"Minha mãe, Senhora Nossa,
à hora da morte, este ouro
é para a vossa coroa."
E à mão fria do cadáver
cintilam fagulhas de ouro
e o "sem-fim" canta lá longe
mais triste que fim de mundo
Este, reduzido a um feixe
de ossos, quase moribundo,
troca o filho por um peixe...
Outro nu, esfarrapado
vai cair, azul de fome,
junto à porta do Eldorado.

Se é rio, canoa n'água;
se é terra, canoa às costas.
Venham ver, é uma cidade
que caminha sob as árvores!

> E assim, amando e sofrendo,
> aquele drama tremendo
> que ora é um grito de alegria,
> ora é um grito de araponga,
> cada vez mais se prolonga,
> mato adentro, noite e dia;
> e um é irmão do outro, por força
> daquela dor coletiva
> que a todos chumba e congrega
> na grande bandeira cega
> que arrasta os seus próprios ossos
> até à última agonia!

E se Pay Pirá regressaste depois de suas vinte e quatro viagens, pelo Rio das Cinquenta e Três Cachoeiras?

Teria que passar, de novo, vinte e quatro vezes, com as botas rústicas sobre suas próprias feridas.

Ele era o Gigante multiplicado pelo Destino.

> El-Rey, outra vez, lá longe,
> passa óleo pelo corpo,
> deita-se ao chão e levanta-se
> agora mais coruscante
> do que um bezerro de ouro.
>
> Pay Pirá vai para Oeste!
> Passa vinte. Passa trinta.
> Quem quer ir com Pay Pirá?

O GIGANTE SEM NÚMERO

1 — Diziam que ele, só ele, sabia onde estavam as riquezas da Fábula.

2 — E El-Rey mandou caçá-lo por uma escolta rutilante.

3 — Perseguido pela Escolta, o Gigante Sem Número já estava escondido em si mesmo.
    Por ser mudo e não ter número.

4 — Mas a Jiboiaçu o comeu, por amor, virando tronco de árvore, até que a Escolta Rutilante passasse.

5 — Passada a Escolta Rutilante, o Gigante Sem Número saiu de dentro da Jiboiaçu, como Jonas do ventre da baleia.

6 — Foi quando lhe surgiu o Antropófago, listado de cores terríveis,

>Comida que vens pulando
>há quantas luas te espero.
>Estou com a barriga oca...
>Entra logo em minha boca.

7 — Mas o Gigante Sem Número teve uma ideia-mãe.

Ofereceu-se pra casar com a filha do Antropófago e pronto; não foi engolido.

8 — Quando a Escolta voltou, rutilante, já ele era chefe da tribo.

Já ele havia reunido, em seu quilombo, todos os Sem Número da redondeza, fugidos do litoral e da estatística: canhamboras, cafuzos, caneludos, índios de olhos azuis, pretos republicanos, pés-largos.

Todos os que sofressem sem brilho.

Todos os que houvessem aprendido a chorar em silêncio.

9 — Filho de pais ignorados, tanto podia ele, o Inúmero, ser filho da Jiboiaçu com o Antropófago, como não ser filho de ninguém senão do Sertão que o escondera do Pirata e do Capitão do Mato, chefe da Escolta Rutilante.

10 — Oculto em seu próprio Mistério, nenhum Rei o obrigaria a contar o segredo das minas de prata.

Tinha ele um poder maior, embora tremendamente humilde: o de morrer com o seu segredo, o de ser mudo e não ter número.

11 — E se o Ulisses tinha um nome, Ninguém, ele seria maior do que Ulisses porque não tinha, sequer, um nome; era, apenas, o Gigante Sem Número.

12 — E quando o Bicho de Sete Cabeças, coroado de sete cores, chupasse o rio num gole, o Gigante Sem Número não morreria de sede; choraria, e beberia a água de seus próprios olhos...

13 — Ele era o Gigante Sem Número!

O GIGANTE Nº 6

1

"Ó filhos do mato, ó selvagens
coroados de penas verdes!
Eu sou o filho do fogo!
Sou dono de todas as luzes
    do Céu e da Terra,
    citatás e boitatás:
Neste sertão de Goiás,
apago a lua quando quero
e acendo o sol quando me apraz.
Quando passo, o chão faísca.
Quando espirro, o céu corisca.
Quando a noite é muito escura,
com o dom que a sorte me deu
quem acende os pirilampos,
quem borrifa o céu de estrelas,
    sou eu!

"A forja das madrugadas
é a palma da minha mão;
sou eu quem governa o trovão...
sou eu, entre rosa e breu,
quem abre a porta do dia;
quem passa de noite ao longe

montando o cavalo do vento
chicoteado de relâmpagos
    sou eu!

"Não me quereis indicar
o ouro que o chão revelou.
Pois bem, pra melhor saberdes
o quanto valho, o quanto sou
    feroz,
vou atear fogo no mundo,
e assim vivos, e assim nus,
sereis queimados, todos vós,
com arcos e penas verdes
    e tudo
na rubra fogueira
    veloz!

2

"A própria água dos rios
    pegará fogo!
e em vez destes rios d'água
    rios de fogo
entrarão pela floresta
como fantásticos boitatás.
    E todos os bichos
serão arrancados das tocas
    pela chama voraz.

E quando todas as tribos
    em debandada
correrem de susto ou medo
    procurando o degredo
    da Serra Dourada
rios de fogo correrão
    atrás!

Eu sou um deus automático
que tudo faz e desfaz:

Tenho a lua no olho esquerdo;
tenho o sol no olho direito.
Apago a lua quando quero,
acendo o sol quando me apraz!"

3

E assim falando, loquaz,
o bruxo, calção de couro,
era um novo Dom Quixote
dentro do mundo primitivo.
Ferozmente discursivo
faz trazer um balde de álcool
à sua presença, e zás!

O incêndio de rabo vermelho
se levanta do chão, em grifo,
e acendeu — lance do jogo —
    nos olhos da bugrada
um clarão de madrugada.

Diante do incrível, do absurdo,
e na certeza de que todos
os rios, no sertão surdo,
virassem rios de fogo
(por arte de um deus saltimbanco,
um olho sol, outro lua)
pajés, cunhãs e guerreiros,
jogam flechas, arcos, plumas,
inúbias, colares de osso,
aos pés do satanás branco

4

Então a montanha
como que se põe nua;
abre um cofre de gruta
e lhe depõe nas mãos peludas
uma joia verde:
"É tua."

Então o riacho,
como um rico pigmeu
todo cintilações de ouro:
"Tudo quanto possuo
é teu."

Então uma cunhã:
"Quem agora te dá
tudo o que tem de seu,
xá rekó mahã,
sou eu."

E todo o sertão
monstro em flor, caiapó,
ave ou fera,
num só coro:

Diabo Velho!

Ladrão de ouro!

Anhanguera!

Anhanguera!

ZOZÉ, COLUMI E IOIÔ

Noite de Natal. Faz frio.
Que importa, de além-Atlântico,
filho de um mundo caduco,
grite El-Rey, inflado de ira?

Aqui perto, numa casa
de janela azul, na rampa
da vila de ruas tortas,
à luz tosca de uma lâmpada
acesa em óleo de peixe,
Zozé, Columi e Ioiô
(filhos de um país criança)
esperam o Vovô Grande
dormir e furtam-lhe as botas.
Onde estará o Pé de Pau?
E o Bixira? E o Borba Gato?

E as põem bem à porta
que dá pro Sertão sombrio.

Noite de Natal. Faz frio.
Noite de coisas remotas...

A Onça preta da Noite
tá bebendo água no rio...

O GIGANTE Nº 7

Ia Apuçá, o Gigante Surdo,
buscando outra terra, lá longe,
onde pudesse trabalhar.
"Não te dou terra, te dou ouro!"
uma montanha toda ouro
apareceu em seu lugar.

Mas Apuçá, o Gigante Surdo,
que já estaria caminhando
duzentas léguas sem parar
naquele jogo de onde e quando,
vai alcançar o Tosão de Ouro:
"Não te dou ouro, te dou prata!"
uma montanha toda branca
apareceu em seu lugar.

Mas Apuçá, o Gigante Surdo,
que já estaria caminhando
mais meio mundo sem parar
vai alcançar a noiva branca
"não prata, te dou esmeraldas!"
uma montanha toda verde,
apareceu em seu lugar.
Que o fez andar, sem mais parar.

Que não mudava mais de cor;
que ia mudando de lugar.

Por isso, em toda caminhada
de quem se vai pelo sertão,
seja quando, ou por onde for,
ou seja noite, ou madrugada,
há uma montanha, toda verde,
sempre mudando de lugar,
só pra o fazer caminhar.

Pois quem caminha vendo, ao longe,
a antiga Serra da Esperança,
que muda sempre de lugar,
como Apuçá, o Gigante Surdo,
caminha agora a vida inteira;
é surdo a todas as distâncias,
é gigante de tanto andar!

Afinal, o que é Esperança?
num país ainda criança,
é uma coisa bem brasileira,
é uma forma de caminhar.

"TROPA DE GENTE EM SÃO PAULO"

Antônio Raposo Tavares
foi até aos Andes na sua
proeza de mitologia.
E Fernão Dias Pais, seu êmulo,
foi além de Itacambira.
Matias Cardoso de Almeida
acampa no São Francisco.
Domingos Brito Peixoto
ruma para o Rio da Prata.

Apuçá, o Gigante Surdo,
vai parar no Maranhão,
com o tropel de sua gente.
Antônio Gonçalves Figueira
é o topador do gentio
nas algaras do Rio Grande,
e Domingos Jorge Velho
o "apossador do Piauí".
Antônio Castanho da Silva
atravessa o continente
e vai surgir no Peru.
Francisco Pedroso Xavier
leva a tropa do seu mando
à serra do Maracaju.
E El-Rey, lá, além-Atlântico,

joga-se ao chão e levanta-se,
já pela terceira vez,
todo pintalgado de ouro:

"Tropa da gente de São Paulo
que vos achais na cabeceira
do Tocantins, do Grão-Pará,
eu, El-Rey, daqui de longe,
vos envio o meu saudar."

LUTA CONTRA O PIRATA

Então o índio, caçador de gaviões de penacho,
   pulou no rebuliço da manhã: espere um pouco
que eu já vou conversar com você;
   "Iara rama ae recê!"

Então o herói negro saiu da senzala
e indagou, com candonga na fala,
que aves de arribação eram aquelas
que entravam pela porta da baía
como quem entra num salão em abandono
   "Vassuncês tão pensano
   que isto aqui não tem dono?"

Então o luso, das glórias marinhas,
formando a legião das três raças em cruz,
   encheu de chumbo e relâmpagos
   o cano do seu arcabuz.
   Catrapus!

BALADA A EL-REY

I

"Vim de longe, pela graça
de vos o trazer esta oferta.
A terra mal descoberta
em produção ainda é escassa.
Posto que verde, é deserta.

"O presente que vos trago
    são frutas coloniais, fruto
do suor que sua o homem bruto.
E não tem nada de mago
e muito menos de astuto.

"São frutas coloniais, feitas
de ouro maciço, esculpidas
e de tal modo reunidas
em cacho, que são perfeitas.
Além do mais, escolhidas.

"Cem negros, em manhãs claras,
fundiram este tesouro.
Gente que lá, nas grupiaras,
arranca as joias mais caras.
Escravos que suam ouro.

"Em nome desses vassalos
é que hoje vos ofereço
(mais para ver se mereço
vossa graça de aceitá-los)
frutos de tão alto preço.

"E quantas lutas ingratas
na viagem que hoje termina.
Assaltaram-me uns piratas
que roubam ouros e pratas;
piores que os do Mar da China.

— "Que levas no teu cargueiro
a navegar meio torto?
Com esse pobre veleiro
viajarás um ano inteiro
não chegarás ao teu porto."

— "E eis — aos vossos pés deponho —
como obscuro herói em série
o cacho de ouro, que o sonho,
entre chorado e risonho,
salvou da rude intempérie.

"Este coração suspenso
é o que oferecer-vos posso
mas de ouro, e de brilho imenso,
pois só assim — é o que penso —
irá comover o vosso.

"Direi o que significa:
Só quando de ouro se cobre,
a dor cintilando fica;
a lágrima, quando rica,
convence mais do que pobre.

"Assim, para vosso agrado,
meu presente é de ouro ilustre.
O mais cru significado
fica suave se dourado
sob o reflexo de um lustre."

II

(Na Corte. Alvos rostos glabros
observam a maravilha
que tão rudemente brilha.
....

Faíscam os candelabros.)

O ÚLTIMO GIGANTE

1

Então os ecos, reunidos em bando,
deram-lhe a vaia última da distância
uns perguntando aos outros: onde?
e os outros respondendo: quando?
E logo todos, num tremendo bate-boca,
a gritar: onde? a saber: quando? a gritar: onde?
                                      [a saber: quando?

O espanhol, o jesuíta, os do outro lado
quanta vez o chamaram de bandido!
Outros o tinham como herói, apenas.
Qual seria, porém, dos seus dois braços,
depois de haver sofrido tantas penas,
o do herói, porventura? e o do bandido?
Em seu peito batia-lhe o coração,
entre os dois, como um pêndulo doído.

Cruzar os braços sobre o peito? Não!
Caminhar até ao fim. Quem sabe, encontraria,
à hora da morte ao menos, algum santo
que desculpasse o herói? e algum herói
que perdoasse o bandido?

E se a terra mudasse de fronteira?
Seria herói ou réprobo, conforme
a terra em que estivessem os seus ossos...
Pois quem caminha e leva uma fronteira
nos próprios pés, caminha dividido:
de um lado é herói, do outro é bandido.
Rústico rompe-mundo, fura-mato
com sapatões de couro e fôlego de gato.
Não sabia que tinha o seu castigo
no próprio desencontro das duas pernas
que Deus lhe havia dado e que eram:
uma de caminhar no tempo, outra no espaço.

Uma para vencer a corrida dos anos
(tropa de desenganos).
Outra para vencer as distâncias eternas.
Uma adiante da outra, em cada passo.
Uma de caminhar no tempo, outra no espaço.
Nunca estariam juntas, as duas pernas...
Ou estariam para sempre, juntas:

(O sol, o solo, a solidão, o corpo
comido pelas moscas das estrelas...)
À hora em que cessam todas as perguntas.
Um sabugo de milho, já roído,
numa das mãos,
e na outra um punhado de esmeraldas
    defuntas.

A Serra de Ouro, a Serra Verde!
em seu jogo traidor de esconde-esconde.

E mais caminharia se pudesse
ir perguntando ao tempo: quando?
    e às léguas: onde?

2

Mais um dia, até quando?
outro dia, até onde? até onde?
Refrão dialético de onde e quando.
Relógio, geografia, noite e dia.
Num só diálogo formidando.
E eis hoje em nós esta ansiedade
que não sabemos se é esperança
    ou se é saudade.
Esta voz que — de longe — nos convida
e que está sempre nos chamando
de um lugar ignorado da vida.

(Para onde? até quando?)

METAMORFOSE

Meu avô foi buscar prata
mas a prata virou índio.

Meu avô foi buscar índio
mas o índio virou ouro.

Meu avô foi buscar ouro
mas o ouro virou terra.

Meu avô foi buscar terra
e a terra virou fronteira

Meu avô, ainda intrigado,
foi modelar a fronteira:

E o Brasil tomou forma de harpa.

...E QUE FORAM DEIXANDO, POR ONDE PAS-
SAVAM, O RASTO VIVO DOS CAMINHOS, DOS
CAFEZAIS E DAS CIDADES.

SOLDADOS VERDES

O cafezal é a soldadesca verde
que salta morros na distância iluminada,
um dois, um dois, de batalhão em batalhão,
na sua arremetida acelerada
    contra o sertão.

    Manhã de terra roxa.
Manhã de estampa, ou cromo, onde a fumaça
de um trem que passa risca o céu de fogaréu.

Parece que há, nos clarins da alvorada,
alguma coisa de marcial. Longas palmeiras
lembram lanças fincadas na paisagem,
como se andasse galopando, em plena serrania,
uma legião alvorotada de bandeiras.

Como um zumzum de mamangava ouve-se o estrondo
da cachoeira a vida inteira a bater bumbo, a bater
    bumbo, a bater bumbo.
    Avanhandava.

Um grande exército colorido de imigrantes
de enxadas a brilhar ao sol revolve o chão,
dando a ilusão de que a lavoura é sangue vivo
e a terra nova revolvida é um coração...

Um dia de verão, em luminosa pincelada,
inaugurou, agora mesmo, a nova estrada.
Acompanhando a estrada, em douda disparada,
os postes de carvão, como espantalhos,
levam seus fios telegráficos sobre os ombros.
As casas dos colonos são cartazes muito brancos
encarreirados no silêncio dos barrancos.

Bate o sol no tambor de anil do céu redondo.
O dia general que amanheceu com o punho azul cheio
                              [de estrelas.
com dragonas de sol nos girassóis
comanda os cafeeiros paralelos
de farda verde e botões rubros e amarelos.
Soa nos vales o clarim vermelho da manhã.

Soldados verdes! Rataplã.

CIDADEZINHA DO INTERIOR

Uma ermida e um curral
como que pra dizer, por inocência,
que o Menino Jesus não nasceu entre rosas,
mas entre bois.

Logo depois brota a cidadezinha branca.
É uma menina, ainda descalça.

As casas tortas de janela azul
dançam de roda, de mãos dadas.

Há duas bandas de música, logo de começo,
uma da oposição e outra dos canários.
Todos os dias da semana são domingos de ramos.

Dentro da ermida
Nossa Senhora brinca de pular corda num arco-íris.

Cada enterro parece uma festa
e cada procissão lembra um rio de gente...
Não há iluminação, há muitas luas.
E os bois passeiam pelas ruas, fundadores.
Até que um dia o legislador das posturas municipais se
                                        [impacienta
e manda proibir os bois de passearem nas ruas.

Como se a origem da cidadezinha branca não fosse
                              [um curral
E como se o Menino Jesus não houvesse nascido entre
                              [bois
Quem sabe se o legislador das posturas municipais
pensa que o Menino Jesus nasceu entre rosas?

Se pensa, é por inocência.

CABOCLO À HORA DO DESCANSO

Você o está vendo assim, quieto e imóvel,
mas é ele quem monta o picaço a galope
e some na poeira da estrada à hora certa
de trabalhar, quando a manhã o convida
a tomar parte no espetáculo da vida.

Você o está vendo assim, meio triste,
mas é ele quem pega da viola e quem canta
mais bonito que um pássaro na tarde louca
que é um carnaval silencioso de estrelas
brotando de todos os poros da noite.
Mas é ele quem canta e com tanta grandeza
que tudo fica quieto para escutá-lo
e não se ouve o cochicho de um bicho
      na natureza.

Você o está vendo assim, manso e calmo,
porque esta é a sua hora de descanso
mas ele não pergunta se a água é funda
quando é preciso atravessar o rio a nado
e nem pergunta se no mato há onça
quando derruba o mato a golpes de machado
e nem pergunta porventura se o perigo
é seu amigo ou inimigo quando pula
de um lado do barranco pra outro lado

quando o cheiro de sangue, ou o brilho da faca,
ou a luta, ou a ofensa o convida
a ser o obscuro herói de um drama formidável
cuja maior beleza é a da renúncia à vida.
E a noite vem do céu, única recompensa
depois da tempestade que o salteia
e lhe dá de beber silêncio em goles mudos
no globo de cristal da lua cheia...
Você o está vendo assim calado...
e é melhor não mexer com ele, é melhor mesmo
deixá-lo assim, calado...

    E sossegado.

TREM DA NOROESTE

Olhos oblíquos,
pestanas ruivas;
é o homem bíblico
multiplicado
pelo futuro
pelo presente
pelo passado.
E a terra enigma
modela o outro
(ainda criança
que há dentro dele)
à sua imagem
e semelhança.
Porque ele mesmo
cortado ao meio,
ficou lá longe
e entre o que veio
e o que não veio
o azul-atlântico
lava a memória
do que não veio.
Rostos em viagem.
Rostos em série.
Baralho humano.

Novas trombetas
de Jericó.
A hora futura
que Deus escreve
por linhas tortas
no mural rude
da manhã clara,
imprime aos rostos
judeus, lituanos,
sírios e russos
o ensaio vivo
de um mundo só.
Nisto o trem para.
Que face é aquela
que se debruça
numa janela?

É a face do outro?

A FILHA DO IMIGRANTE

Eu fui buscar maracujás e vi no mato a loura filha do imigrante.
(Os gafanhotos de esmeralda com pijamas amarelos ou vermelhos surpreendidos por meu passo davam saltos sobre a grama em trampolins feitos de folha.
E como bichos agarrava-se ao meu corpo uma porção de carrapichos.)
Eu fui buscar maracujás e vi no mato a loura filha do imigrante.

Sua figura me ficou quente de sol naquele dia todo branco, na moldura do barranco, dentre as árvores festivas com cabelos de fogueira e com pestanas tão torradas como longas sempre-vivas...
Eu fui buscar maracujás e vi no mato a loura filha do imigrante.

As bananeiras eram pássaros gigantes de asas verdes tatalantes que pousavam pela grota em procissão e conservavam a asa aberta e o bico rubro em coração a levantar no voo imenso qualquer coisa que ficara sobre o chão!

E então
uma dourada mamangava
ferrotoou-me o coração...

O BACHAREL E A CABOCLA

I

Eu ia procurar a cabocla
filha do antigo administrador da fazenda,
aquela diaba de olhos pretos duas-jabuticabas
e analfabeta que-nem rola selvagem.

E eu lhe dizia: "Como eu gosto de você!"
   E ela me respondia:
   "Não sei por quê."

Fazia coisas de insensato.
O meu amor por ela era "uma-coisa-do-outro-mundo"
na manhã recendente
de frutas ácidas e de sol caricato.

E eu lhe dizia: "Não conheço
mulher mais terra-flor do que você."

   Ela me respondia:
   "Não sei por quê."

   Mas houve um dia
em que eu (como era claro aquele dia!
   um sol louro e gaiato

parecia saltar e cantar de alegria)
　　me declarei disposto a tudo:
　　　"Sou capaz de morrer por você!"
　　Ela me respondeu:
　　　"Não sei por quê."

II

　　Diante dessa mania,
desse não-sei-por-quê de todo dia
resolvi abandonar a fazenda
com os seus frutos de sol e de mel,
　　para ser... bacharel.

Mas... ó cabocla de olhos pretos!
　　NÃO SEI POR QUE
nunca mais me esqueci de você!

POEMA DE ARRANHACÉU

Se eu puder, algum dia,
quando houver mais poesia,
mandarei escrever o seu nome
    JACY,
nem letreiro de lâmpadas
    elétricas
de todas as cores
no alto daquele arranhacéu.
Para que toda a cidade
possa ler o seu nome e o seu nome
fulgure pertinho do céu.

E eu mesmo irei acender
o imenso letreiro encantado
que ficará pisca-piscando
    lá em cima
na noite azul de pantomima.
E o arranhacéu, com o seu nome
    na fronte
sonhará tanta coisa bonita:

Por exemplo, que é um templo...
que todos os pirilampos
    da terra
lhe pousaram na fronte.

Que toda a população
    das estrelas
saiu à rua acompanhando a lua...

Que o espírito inocente da terra criança
veio brincar de quatro cantos
    pelos cantos da rua
botando um pouco de ilusão em cada coração
e um pouco de saudade em cada trecho da cidade
e um pouco de inocência em cada angústia da existência
e um pouco de poesia em nosso "pão de cada dia".

E eu, em meio do povo,
tirarei o chapéu, está vendo?
e olharei o seu nome lá em cima,
no letreiro de estrelas
    pertinho do céu.

MOÇA TOMANDO CAFÉ

Num salão de Paris
a linda moça, de olhar gris,
toma café.
Moça feliz.

Mas a moça não sabe, por quem é,
que há um mar azul, antes da sua xícara de café;
e que há um navio longo antes do mar azul...
E que antes do navio longo há uma terra do Sul;
e antes da terra um porto, em contínuo vaivém,
com guindastes roncando na boca do trem
e botando letreiros nas costas do mar...
E antes do porto um trem madrugador
sobe-desce da serra a gritar, sem parar,
nas carretilhas que zunem de dor...
E antes da serra está o relógio da estação...
Tudo ofegante como um coração
que está sempre chegando, e palpitando assim.
E antes dessa estação se estende o cafezal.
E antes do cafezal está o homem, por fim,
que derrubou sozinho a floresta brutal.
O homem sujo de terra, o lavrador
que dorme rico, a plantação branca de flor,
e acorda pobre no outro dia... (não faz mal)
com a geada negra que queimou o cafezal.

A riqueza é uma noiva, que fazer?
que promete e que falta sem querer...
Chega a vestir-se assim, enfeitada de flor,
na noite branca, que é o seu véu nupcial,
mas vem o sol, queima-lhe o véu,
e a conduz loucamente para o céu
arrancando-a das mãos do lavrador.

        Quedê o sertão daqui?
        Lavrador derrubou.
        Quedê o lavrador?
        Está plantando café.
        Quedê o café?
        Moça bebeu.
        Mas a moça, onde está?
        Está em Paris.
        Moça feliz.

MEUS OITO ANOS

No tempo de pequenino
eu tinha medo da cuca
velhinha de óculos pretos
que morava atrás da porta...
Um gato a dizer corrumiau
de noite na casa escura...
De manhã, por travessura,
pica-pau, pau-pau.

Quando eu era pequenino
fazia bolotas de barro,
que punha ao sol pra secar.
Cada bolota daquela,
dura, redonda, amarela,
jogada com o meu certeiro
bodoque de guatambu
matava canário, rolinha,
matava inambu.

Quando eu era pequenino
vivia armando arapuca
pra caçar "vira" e urutau.
Mas de noite vinha a cuca
com o seu gato corrumiau...
Como este menino é mau!

Rolinha caiu no laço...
Ia contar, não conto não.
Como batia o coração
daquele verde sanhaço
na palma da minha mão!

Ah! se eu pudesse, algum dia,
caçar a vida num poema,
em seu minuto de dor
ou de alegria suprema,
que bom que pra mim seria
ter a vida em minha mão
pererecando de susto
como um sanhaço qualquer
na grade de um alçapão!

Mas... de noite vinha a cuca
(e por sinal que a noite parecia uma arapuca
com grandes pássaros de estrelas)
vinha com o gato corrumiau:
menino mau, menino mau,
meninomaumeninomau.

Na minha imaginação
ficou pra sempre o pica-pau.

Pica-pau batendo o bico
numa casca de pau.
Pica-pau, pau-pau.

Corrumiau miando de noite...
Corrumiau, miau-miau.

E AGORA, NA CIDADE GRANDE, O TIETÊ CONTA
A HISTÓRIA DOS VELHOS GIGANTES DE BOTAS.

CANÇÃO GEOGRÁFICA

Minha esposa é a Terra firme
e as sereias estão no mar.

Meus filhos ficaram na praia
para me ver regressar.
Há muita traição nestas ilhas...
muita armadilha no luar.
Porém já estou navegando
perdido entre a lua e o mar.

Minha esposa é a Terra firme
e as sereias são sempre as noivas
dos que não sabem remar.

O que procuro é a Terra firme,
pois nasci junto da Serra
de costas voltadas pro mar.

Não que algum dia eu prefira
o porto seguro da lógica
à onda infiel da ilusão,
na confusão crepuscular...
Porém, porque vim ao sol,
terra a dentro, nascido entre
os muros da Serra do Mar.

Prefiro os pássaros da Terra
    que são verdes,
aos negros pássaros do mar,
de asas longas, angulosas
e nascidos só para voar...

A estar chorando de saudade
    portuguesa,
prefiro varar o sertão
que é o meu destino singular

Aos velocinos da fábula,
com longas viagens marítimas,
(mesmo quando há lanchas novas
que do céu caem no mar)
prefiro o meu Sol da Terra,
que me chama, lá de dentro,
com as suas cinco labaredas
    de alegria,
dizendo-me o eterno bom-dia,
toda manhã, junto do mar.
Porque nasci junto do rio
que, por sua vez, na Terra,
nasceu de costas pro mar.

Ah! sofro o castigo celeste
de haver nascido, não do dorso
    de um peixe
mas no dorso da Serra do Mar.
Sou um simples bandeirante
nascido de costas pro mar.

Há muita traição nestas ilhas...
muita armadilha do luar.
Minha esposa é a Terra firme...
As sereias estão no mar...

CAFÉ EXPRESSO

1

Café expresso — está escrito na porta.
Entro com muita pressa. Meio tonto,
por haver acordado tão cedo...
E pronto! parece um brinquedo...
cai o café na xícara pra gente
    maquinalmente.

E eu sinto o gosto, o aroma, o sangue quente de São
                                              [Paulo
nesta pequena noite líquida e cheirosa
que é a minha xícara de café.

A minha xícara de café
é o resumo de todas as coisas que vi na fazenda e me
                             [vêm à memória apagada...

Na minha memória anda um carro de bois a bater as
                          [porteiras da estrada...
Na minha memória pousou um pinhé a gritar: crapinhé!
  E passam uns homens
  que levam às costas
  jacás multicores
  com grãos de café.

E piscam lá dentro, no fundo do meu coração,
uns olhos negros de cabocla a olhar pra mim
com seu vestido de alecrim e pés no chão.

E uma casinha cor de luar na tarde roxo-rosa...
Um cuitelinho verde sussurrando enfiando o bico na
[catleia cor de sol que floriu no portão...

E o fazendeiro, calculando a safra do espigão...

Mas acima de tudo
aqueles olhos de veludo da cabocla maliciosa a olhar
[pra mim
como dois grandes pingos de café
que me caíram dentro da alma
e me deixaram pensativo assim...

2

Mas eu não tenho tempo pra pensar nessas coisas!
Estou com pressa. Muita pressa.
A manhã já desceu do trigésimo andar
daquele arranhacéu colorido onde mora.
Ouço a vida gritando lá fora!
Duzentos réis, e saio. A rua é um vozerio.
Sobe e desce de gente que vai pras fábricas.

Pralapracá de automóveis. Buzinas. Letreiros.
Compro um jornal. *O Estado!* O *Diário Nacional!*
Levanto a gola do sobretudo, por causa do frio.
E lá me vou pro trabalho, pensando...

Ó meu São Paulo!
Ó minha uiara de cabelo vermelho!
Ó cidade dos homens que acordam mais cedo no mundo!

PECADO ORIGINAL

O dia nos espia... novamente.
Mas, ó incrível morena de olhar verde,
fecha os teus olhos pra fingir que é noite.
E teremos a noite, duas, três vezes,
quantas vezes fecharmos nossos olhos
na quentura de um beijo. Porque a noite
é uma pequena invenção de nós dois...
Há um momento de treva em cada beijo
e uma risada matinal depois,
do dia, debruçado na janela,
que nos espia, e quer saber de tudo
o que se passa agora entre nós dois.
    Fecha os olhos de novo, e eu te darei
    a noite que ainda mora atrás do dia...

EXORTAÇÃO

Ó louro imigrante
que trazes a enxada ao ombro
e, nos remendos da roupa,
o mapa de todas as pátrias.

Sobe comigo a este píncaro
e olha a manhã brasileira,
    lá, dentro da serra,
nascida da própria terra.

Homens filhos do sol (os índios)
homens filhos do mar (os lusos)
homens filhos da noite (os pretos)
aqui vieram sofrer, sonhar.

Naquele palmar tristonho
que vês ao longe os profetas
    da liberdade
anteciparam o meu sonho.
Mais longe, o sertão imortal:
foi onde o conquistador
fundou o país da Esperança.
Naquele rio aguadouro
ainda mora a mulher verde
    olhos de ouro.

Naquela serra azulada
      nasceu Iracema,
a virgem dos lábios de mel.
Lá, mais ao fulgor do trópico,
o cearense indomável
segura o sol pelas crinas
      no chão revel.

Ao sul, na paisagem escampa,
o gaúcho vigia a fronteira
montado no seu corcel.
O gaúcho que vê, ao nascer,
a verde bandeira da pátria
estendida no pampa.

    Ó irmão louro,
toma agora a tua enxada
e planta a semente de ouro
na terra de esmeralda.
E terás, no chão em flor,
      a nova emoção
do descobridor.

BRASIL-MENINO

I

Meu pai era um gigante, domador de léguas.
   Quando um dia partiu, a cavalo,
no seu dragão de pelo azul que era o Tietê dos ban-
                                      [deirantes,
lembro-me muito bem de que me disse: olhe, meu filho
eu vou sururucar por esta porta e um dia voltarei tra-
   zendo umas duzentas léguas de caminho e umas
   dezenas de onças arrastadas pelo rabo a pingar
   sangue do focinho.

E dito e feito! lá se foi dando empurrões no mato dos
                                        [barrancos
por entre alas de jacarés e de pássaros brancos!

II

Quando veio o Natal meu pai estava longe,
em luta com os bichos peludos, com os gatos grandões
   de cabeça listada e com as mulas-de-sete-cabeças
   que moram no fundo das árvores espessas.
No planalto, batia um sino perguntando: ele não vem?
                                            [ele não vem?

Um outro sino de voz grossa respondia: não...
　e não, dizendo "não"... e repetindo "não... e
　　　　　　　　　　　　　　　　　　[não"...

III

E eu me lembrei de procurar um par de botas
das que meu pai usava e pôr o par de botas
atrás da porta do sertão que resmungava entocaiado no
　　　　　　　　　　　　　　　　　[arvoredo.
Como fazia frio aquela noite!
Fiquei com tanto medo... Um gato corrumiau
passeava pelos vãos da telha vã...
Mas chegou a manhã, linda como um tesouro
e eu fui achar, com o coração aos pulos de alegria
as duas botas de couro
　　　　abarrotadas de ouro!

IV

Passou mais um ano e meu pai não voltou.
Botei meus sapatões atrás da porta novamente
　　　e no outro dia
fui encontrar meus sapatões abarrotados de esmeraldas!
Minha vovó, uma velhinha portuguesa com cabelo de
　　　　　　　　　　[garoa e xale azul-xadrez me garantia:
"...foi o Papá Noel quem trouxe." Até que um dia
fiz que não vi mas vi; acordei da ilusão:

meu pai era um gigante, domador de léguas;
    um feroz caçador de onças pretas,
    terror do mato, assombração das borboletas
    mas tinha um grande coração.

V

Por fim cresci. Hoje sou gente grande.
Sou comissário de café. Tenho viadutos encantados.
Minha cidade é esse tumulto colorido que aí passa
levando as fábricas pelas rédeas pretas da fumaça!

    Barulho fantástico
de um mundo que saiu da oficina.
Grito metálico de cidade americana.
Vida rodando fremindo batendo martelos
    com músculos de aço.

E o Tietê conta a história dos velhos gigantes,
que andaram medindo as fronteiras da pátria,
ao tempo em que São Paulo colocava os sapatões atrás da
                                                    [porta
e os sapatões amanheciam cheios de ouro...

e os sapatões amanheciam cheios de esmeraldas...

e os sapatões amanheciam cheios de diamantes...

RETROLÂMPAGO

A Manhã ainda nua,
saiu da montanha
com a coroa de plumas
vermelhas à cabeça.

Depois por sua vez,
é o Dia português
que salta das ondas
qual pássaro branco
ruflando a asa enorme
das velas redondas...

Por último é a Noite
africana que chega
no porão do navio,
tremendo de frio,
com os seus orixás,
com os seus amuletos,
e é trazida pra terra
nos ombros dos pretos.

E os heróis, ainda obscuros,
nascidos na Terra:
o gigante tostado
pelo sol da Manhã;

o gigante marcado
com o fogo do Dia;
e o gigante criado,
com o leite da Noite,
    todos três
calçam as botas sete-léguas
    e era uma vez...

E o paroara, o caucheiro,
o matuto cearense;
valentões, pala ao ombro,
chilenas de prata
arrastadas no chão
com o barulho das botas;
topetudos de todos
    os naipes;
tabaréus, canhamboras,
capangas, jagunços,
caborés, curimbabas;
piraquaras, caiçaras,
boiadeiros, laranjos,
canoeiros agrestes,
caboclos, cafuzos,
vararam a terra
pra Oeste, pro Sul
    e pro Norte
Crianças do mato
brincando com a morte!

E o Brasil ficou sendo
o que é, liricamente.
E o Brasil ficou tendo
a forma de uma harpa,
    geograficamente.
E o Brasil é este poema
    menino
que acontece na vida
    da gente...

MARTIM CERERÊ

BIOGRAFIA E DOCUMENTÁRIO DO LIVRO

Aparecido, pela primeira vez, em 1928, Martim Cererê tem, portanto, uma "história", que os editores julgaram interessante contar aos que ainda não a conhecem.

REVOGAM-SE AS EDIÇÕES EM CONTRÁRIO*

"Realmente, já tem o *Martim Cererê* sua pequena, mas movimentada 'biografia'."
Foi publicado, pela primeira vez, em 1928, lá se vão mais de setenta anos, no auge da campanha renovadora, iniciada pela Semana de Arte Moderna. Ilustrou-o Di Cavalcanti com admiráveis motivos indígenas.
O interesse que despertou foi tal que se sucederam logo as edições. Em 1930, aparece a segunda; em 1932, a terceira; em

---

*A 12ª edição, publicada em 1973, foi a última revista pelo autor, cujos comentários decidimos publicar na íntegra. (*N. da E.*)

1934, a quarta. Modificado, ou acrescido de novos trechos, de edição para edição, veio a tornar-se um poema, pelo menos no que concerne a argumento e sucessão de composições até certo ponto ligadas entre si.

A quinta edição foi incluída pela Companhia Editora Nacional, em 1936, na coleção *Os grandes livros brasileiros* (volume IX). A sexta foi por mim dada como "definitiva", com um prefácio de Menotti Del Picchia, o grande poeta do *Juca Mulato* (1938). Mas a sétima já era modificada, de novo... (1944).

A oitava aparece em 1945, com originais gravuras de Goeldi, a cores, feitas em madeira.

A nona sofreu novas alterações (1947) e a décima foi incluída nas *Poesias completas* do autor, editadas em 1957, pela José Olympio, na coleção em que já figuram Manuel Bandeira, Carlos Drummond de Andrade, Ribeiro Couto, Murilo Mendes, Augusto Frederico Schmidt etc.

A 11ª é a que Saraiva apresentou especialmente ilustrada por Tarsila, em 1962.

Foi uma espécie de *Martim Cererê* passado a limpo.

Gostaria de incluir na 12ª edição da José Olympio um artigo de lei: revogam-se as edições em contrário...

NASCIMENTO DO *MARTIM CERERÊ*

Como nasceu Martim Cererê?

— A influência do momento, o "indianismo" do grupo literário — o da Anta — a que eu pertencia, em 1926, e que pugnava pelo estudo da cultura indígena como base de "autenticidade americana", explica o seu nascimento.

Ouvia eu, nessa ocasião, as sábias lições de Alarico Silveira, frequentava o *Poranduba amazonense*, de Barbosa Rodrigues. *O selvagem*, de Couto de Magalhães, os *Seixos rolados*, de Roquette-Pinto, por indicação de Plínio Salgado. Foi de tal contato que me veio a ideia de escrever um poema, não apenas indígena, mas racial, baseado no mito tupi que, afinal, hoje lhe serve de argumento.

COMO A CRÍTICA O RECEBEU

Como o Martim Cererê *foi recebido?*
— Terei eu de responder à pergunta prazerosamente, embora me seja penoso falar de mim próprio e dos aplausos que, bem ou mal, o poema mereceu.

Antes de tudo, e de um modo geral, devo esclarecer que me habituei, desde logo, a receber qualquer elogio, sempre, com a devida humildade, por mais douto e sincero que ele seja. Porque conheço o que há de relativo, difícil, ou arbitrário mesmo, em qualquer julgamento poético.

Quando alguém "define" o que faço e acerta em cheio com o que eu quis fazer é que dou o devido valor à crítica porque estou, a meu modo, julgando a quem me julga, no inevitável diálogo que é toda obra de arte em razão de seus elementos formais e verbais a que o *new criticism* deu tanta ênfase.

O entusiasmo é maior, porém, quando o crítico, ou o leitor, por ser mais poeta do que eu, descobre, na parte ingovernável do poema, o que eu mesmo não vi — o que escapa a um código de valores ou resulta deles.

POESIA VISUAL

Fui acusado de praticar uma poesia muito "visual", exterior. Mas, em verdade, não podia haver finura numa poesia intencionalmente tosca, "tachista", pode-se mesmo dizer rupestre; em que contam os elementos físicais, como a palavra-coisa, as imagens "coisificadas", as soluções acústicas, o visualismo intenso (ocidental, em seu parentesco com o ideograma, oriental), a restauração do som, da cor e do tato.

Passou-se hoje da "imaginação visual" (*production of vivid images, usually visual images*) para a "sintaxe visual" do poema concreto, para o próprio objeto visualizado, isto é, falando diretamente à nossa inteligência ótica. Horácio, porém, já dizia: o que vem pelos ouvidos comove menos que o que vem pelos olhos. "Ver já é formular", diz hoje uma Suzanne Langer. Ora, a parte da inteligência que mais se vincula aos olhos é, como se sabe, a imaginação. Imaginar é criar, é desenhar figuras com o espírito. E tanto isto procede que se disse haverem os deuses de Homero sido desenhados pela imaginação do povo antes que o fossem pelos desenhistas figurativos. O mesmo, creio, se poderá dizer da Uiara, do Anhanguera, do Apuçá, do Caapora, do Saci-pererê (aqui Martim Cererê) que a imaginação popular pintou a seu modo antes que os artistas da pintura ou da xilogravura o fizessem.

O pensamento poético (Hegel) é essencialmente figurado.

Imaginação e desenho rupestre são quase sinônimos, no mundo primitivo e... neste livro.

Não poderei, portanto, ser julgado fora de tais premissas.

"QUASE ABORÍGINE"

Direi então que o *Martim Cererê* foi muito bem-recebido pela crítica e por quantos o leram. João Ribeiro o aplaude calorosamente, dizendo que o livro continha "páginas fulgurantes", e acentuando o seu caráter crioulo. "Brasileiro até à medula; quase aborígine." Por sua vez, Júlio Dantas viu nele "uma admirável síntese étnica do povo brasileiro". Carlos Drummond de Andrade o considerou, mais tarde, "uma peça clássica da nossa poesia moderna", e Guilherme de Almeida o classificou como "o livro da Gênese Verde do nosso verdadeiro Antigo Testamento".

São louvores que menciono, não por vaidade, mas enquanto valem como "definições" referentes a certos aspectos da obra que procurei realizar.

O de João Ribeiro, por exemplo, me satisfaz amplamente, menos por aquelas "páginas fulgurantes" do que por me haver o mestre apontado como "brasileiro até à medula dos ossos. Quase aborígine".

Pois era isso o que eu queria que alguém dissesse.

LIVRO DE FIGURAS

Como se explica a concepção do livro?
— Ouvido, certa vez, a respeito, expliquei que se tratava, apenas, de um livro de "figuras".

Expliquei ainda que o escrevi como dentro de um mundo mágico, tendo-me valido, não raro, da técnica de um desenho animado. Se o parnasianismo havia buscado recursos à escultura, se o simbolismo à música etc., pareceu-me que, no mundo cinemático, em que as minhas "figuras" se movimentam, o primitivo casava bem com a invenção de Walt Disney transposta para a poesia. E o *Martim Cererê*, conquanto moderno (ou modernista), tem muito de primitivo, de mitológico. Ora, nada mais parecido com o mundo mágico do que o mundo automático de hoje.

COR E IMAGEM

Aliás, aos que só viram os aspectos da "cor" e da "imagem" informei que no mundo da fábula tudo era sol — noite não havia. Tudo era sol quer dizer: tudo era cor. O *fiat* mágico tinha que ser — "faça-se a noite" uma vez que a luz já existia. Por outro lado, não se pode conceber um poema indígena, como o *Martim Cererê*, sem o colorido, por exemplo, da arte marajoara.

Nem seria concebível um poema sem cor, quando é ele, como pretendeu ser este, uma síntese étnica do nosso povo, ou um problema de cor. Onde uma democracia racial mais rica de cor que a nossa?

Mas não é só. O próprio nome do Brasil nasceu do "pau de tinta", não sendo senão apenas por esse pormenor que Camões, nos *Lusíadas* (quando Tétis leva Gama a uma colina, pra lhe mostrar o mundo) se refere a esta parte da terra, "que o pau vermelho nota" (Canto V).

Assim, a cor é elemento substancial, *sine qua non*, do Martim Cererê, e não apenas ornamental, festivo, primário. Tem um sentido cultural, simbólico.

Lembro-me de que quando se intentou, com o cinza burguês das grandes cidades industriais, o desprestígio do pitoresco, um grande pintor moderno — Léger — definiu muito bem a cor, perguntando: que foram os quatro anos da última guerra? Foram quatro anos sem cor.

Afinal, a cor é a vida.

Sem se falar em reinvenção e valorização da cor na tecnologia de hoje, na "televisão a cores", que é a graça da moda.

FÁBULA E NACIONALISMO

Quanto a *nacionalismo*, parece que há uma confusão grave. Quis eu fazer um poema apenas "brasileiro", e foi o que fiz.

O que há, pois, é um livro de figuras em ponto grande — como as dos "gigantes de botas sete-léguas", parecendo-me que só pelos *inferential myths* se poderia imaginar a conquista do Brasil, que não se explica pelo comum das ações humanas, nem pela lógica pedestre.

Foi o recurso de que se valeu, por exemplo, um sábio — Saint-Hilaire — ao certificar-se de que os nossos bandeirantes atravessaram o continente a pé, sem nenhum estorvo. Só uma "raça de gigantes" poderia explicar tamanhos *raids*.

O próprio bandeirante não queria que se pensasse ter sido fábula a sua façanha: "Iremos a pé de São Paulo ao Peru e isto não é fábula"; pressentia, portanto, que só o poderíamos compreender "fabulosamente".

Se "brasileirismo" já é "nacionalismo", então a coisa muda de figura: e quem dirá que o não seja?

Em suas *Réflexions sur l'Allemagne*, Charles Maurras perguntava: quem mais russo que Dostoiévski? Quem mais alemão que Goethe? Quem mais italiano que Dante? Quem mais francês que Descartes? Quem mais espanhol que Cervantes? No entanto, ninguém será mais universal que qualquer deles. Ou melhor: pelo fato de serem o mais possivelmente do seu país, ninguém os dirá atacados de "nacionalismo", hoje.

Equívocos como esses desorientam a gente.

Cheguei a pensar que ser brasileiro fosse um defeito, uma limitação...

E o mais curioso é que, passando eu a versar temas mais universais, a crítica viu em mim um outro poeta. Achou, então sim, que passei a figurar (desculpem-me) num primeiro time.

GIGANTES DE N^{OS} 1 A 7

Em qualquer hipótese, o que faltava nas primeiras edições do *Martim Cererê* ninguém viu: uma melhor caracterização das figuras. Esta "caracterização" só foi feita na 9ª edição.

Aí cada figura de gigante passou, como agora, a ter uma fisionomia, uma carteira de identidade.

Mas por que ao invés de os nomear, nos títulos, v. os enumera, dizendo gigante 1, 2, 3 etc.? — estou ouvindo esta pergunta.

— Para dar a ideia de sucessão, de uns partindo atrás dos outros, durante os séculos XVI, XVII e XVIII.

Mas não haverá mal em tantas modificações, ao ponto de cada edição aparecer outra?

— Mal não deixa de haver. Não raro, vejo citados ou recitados trechos e trechos do *Martim Cererê* em sua forma primitiva, quando já os modifiquei. Julga-se o "Cererê" da 9ª edição (por exemplo) pela da 7ª e assim por diante.

Mal maior, porém, seria deixar de corrigir o livro, do ponto de vista formal e poético, a fim de lhe dar a feição definitiva (agora definitiva em definitivo).

Por que escolheu o título Martim Cererê?

— Muito simples. O livro representa uma história contada

a um grupo de meninos pela moça bonita, a Uiara, que é o motivo da capa feita por Poty. Como representar, entretanto, num símbolo, o menino brasileiro senão numa mistura de Zozé, Corumi e Ioiô?

O MITO DO BRASIL-MENINO

O seu nome indígena era Saci-pererê. Devido à influência do africano, o Pererê foi mudado pra Cererê. A modificação feita pelo branco foi pra Matinta Pereira e não era de estranhar — diz Barbosa Rodrigues, em seu *Poranduba amazonense* — que ele viesse a chamar-se ainda "Matinta Pereira da Silva".

Daí *Martim Cererê* como conciliação, em que colaboram as três raças de nossa formação inicial. É o Brasil-menino. Ou melhor, o mito do Brasil-menino.

Um grande tupinólogo, o saudoso Plínio Airosa, aludindo, em sua obra *Termos tupis no português do Brasil* (pág. 89), ao nome por mim adotado, escreve: "Cassiano deu o nome sugestivo de *Martim Cererê* ao seu livro, dedicado ao Brasil-menino. Deu esse nome e firmou, com ele, mais uma variante nominativa do curioso gênio selvático americano."

Aliás, era costume do índio tomar o nome do branco como seu: Martim Afonso Tibiriçá, por exemplo. Ou dar nomes indígenas ao branco: Caramuru, por exemplo. Como também era costume o branco passar a chamar-se por nome indígena, na luta nativista contra o reinol: Gê Acaiaba Montezuma, por exemplo. Ou mesmo o índio acrescentar um nome ao que já tem, por feitos heroicos, podendo cada um possuir mais de um nome — como se vê pela revelação dos cronistas.

A esse menino, chamado *Martim Cererê*, é que dediquei o livro, por ser "um livro de histórias e de figuras".

"VÁ BUSCAR A NOITE"

Qualquer criança pode, realmente, compreender o argumento do livro, que é o seguinte:

1) A moça bonita morava na Terra Grande.
Chamava-se Uiara.

2) Um índio quis casar com ela, mas a moça bonita exigiu a Noite, porque tudo era sol (só brasil).

3) O índio descobriu que a Noite estava dentro do fruto de tucumã — espécie de fruto proibido. Foi colher o fruto, mas abriu-o antes da hora, e pronto.
Não pôde casar com ela.

4) Nisto chega um marinheiro, o homem branco, e se declarou candidato.
— Vá buscar a Noite.

5) Então o marinheiro partiu e foi buscar a Noite. E trouxe a Noite (a noite africana), no navio negreiro.

6) Então a Uiara se casou com ele.

7) Então nasceram desse matrimônio racial os Gigantes de Botas, que sururucaram no mato.

8) E que foram deixando, por onde passavam, o rasto vivo dos caminhos, dos cafezais e das cidades.

Lembro-me de que escrevi esse argumento quando trabalhava no *Correio Paulistano*, na memorável fase em que pelas colunas do velho órgão Plínio Salgado, Menotti Del Picchia, Cândido Mota Filho e outros promoviam a campanha modernista, desde 1922.

Também me recordo muito bem de o haver lido, certa noite, para Plínio Salgado o ouvir. O meu companheiro arregalou os olhos e, nervoso, agudo como sempre, me disse: "Você descobriu o sentido profético da lenda tupi!" Referia-se ao trecho em que a Uiara só se casaria com quem lhe trouxesse a Noite; "E porque o marinheiro branco lhe houvesse trazido a Noite africana no navio negreiro, a Uiara se casou com ele."

MARTIM CERERÊ NAS ESCOLAS

O poema não tem, propriamente, um caráter didático. Terá antes um sentido de educação moral e cívica, nos dias atuais.

Contudo, nada mais agradável para mim do que saber que ele despertou "brasilidade", isto é, sentimento ou espírito de amor à terra e ao homem brasileiros.

Poderia eu citar vários fatos como prova da repercussão que, sob esse aspecto, o *Martim Cererê* encontrou. Surpreenderam-me cartas que recebi, até hoje, sobre o meu poema servindo de catecismo, de título para jornais escolares, de prêmio para concursos ginasiais, de lema para grupos estudantis e culturais fundados com o seu nome etc.

Exemplos:

Uma professora, dona Violeta Leme, certa vez me comunica o êxito que está obtendo no sentido de incutir em seu filho —

um jovem de 15 anos — sentimentos de amor e entusiasmo pelas coisas brasileiras com a leitura do *Martim Cererê*; um ofício vindo de Pouso Alegre me dá conta de que o *Martim Cererê* havia sido instituído como prêmio ao melhor aluno de uma série ginasial; um pequeno jornal de São João da Boa Vista adota como título o nome de *Cererê*; um grupo de alunos da Faculdade de Direito (de São Paulo) funda a "Ala Martim Cererê"; o saudoso prof. Almeida Júnior, mestre da mesma faculdade, me informou a respeito da sua experiência, com o *Martim Cererê*, em Santa Catarina, de ensinar Brasil aos jovens, nos núcleos alemães; o prof. Horácio Silveira adotou o *Martim Cererê* para leitura nos estabelecimentos de ensino técnico-profissional.

Seria impossível enumerar todos os fatos deste gênero, desde as primeiras edições do livro.

O JORNALZINHO *CERERÊ*

Recordarei apenas que o jornalzinho de São João da Boa Vista, na sua "Coluna do professor" (nº 1 da nova fase) publicava um artigo do prof. Hugo de Vasconcelos Sarmento, dizendo, entre outras coisas: "Com grande satisfação assistimos ao novo despertar do *Cererê*, desta vez pelas mãos e pelas inteligências de Wilson de Almeida, Sebastião José Rodrigues, João Batista Ciaco Neto e Álvaro de Lima Machado. *Cererê* teve sùa origem — explica — em o *Martim Cererê*, com que Cassiano Ricardo enriqueceu as letras pátrias. Chiquinho Pascoal (hoje, o dr. Francisco Peres Pascoal), no seu tempo de ginasiano, restabeleceu este jornal, dando-lhe o nome de *Cererê*, em homenagem ao grande escritor paulista."

A função do órgão estudantil era "dar asas ao espírito" (ed. 20 de agosto de 1952).

CERERÊ ESTUDANTE DE DIREITO

Lembrarei também que a "Ala Martim Cererê" apareceu em 1941, na Faculdade de Direito, com uma diretoria assim constituída: Fernando Melo Bueno, presidente; Francisco de Almeida Prado, vice; Múcio Porfírio Ferreira, primeiro secretário; Lígia Fagundes, segundo secretário; Rivaldo Assis Cintra, primeiro orador; Walter da Costa Barbosa, segundo orador; e Célio de Melo Almada, tesoureiro.

Falando ao *Jornal da Manhã* (28 de maio de 1941), que noticiava a formação, sob as "arcadas", de um "amplo movimento nacionalista", Fernando de Melo Bueno explicava a razão por que denominaram os estudantes a nova associação com o nome de *Martim Cererê*: "Por um motivo simples. Porque esse livro de Cassiano Ricardo é o que o Brasil tem de mais visceralmente seu."

DESINTOXICAÇÃO DE JOVENS NAZISTAS

Do prof. Almeida Júnior (repito) a carta honrosa que guardei dizia: "A respeito da experiência, que tentei, de evangelizar jovens nazistas de escola secundária ex-alemã, através das páginas tão brasileiras de *Martim Cererê*, já lhe falei há poucos dias. Quanto a mim próprio, seus versos me fizeram aprofundar ainda mais as minhas raízes afetivas ao Brasil."

CARTA DE UM BROTINHO

Outra carta realmente curiosa é a de Maria Helena Freitas (Belo Horizonte, 30 de setembro de 1952), que depois de dizer: "Esta carta lhe leve o meu reconhecimento por ter sido o sr. quem descobriu para mim o mundo encantado da poesia", faz uma ressalva interessantíssima: "Para livrá-lo de dúvidas explico-lhe que, afinal de contas, não passo ainda de uma dessas coisas mais ou menos insignificantes a que se costuma chamar um brotinho: 16 anos, e muito desejo de boa leitura."

MOÇA TOMANDO CAFÉ

Já mestre Afrânio Peixoto, a 22 de novembro de 1936, me escreve uma réplica em versos, o que não deixa de ser curiosíssimo: "A Cassiano Ricardo, autor da 'Moça tomando café'":

Moça que está nesta figura me oiando
E que seu Cassiano pensa que é de Paris...
Não, moça, vancê é daqui mesmo.
Vancê, bem que é mesmo deste meu país.

Tá se vendo, vancê é morena, morena
Como as cabocla deste meu país.
Vancê não é da estranja, tá tomando café
Na xicrinha... Vancê é polista e feliz!

Moça, beba o café... ele é sangue às gota
No pé, que o fogo amorenou, e deu um gosto feliz
Que esquenta a alma da gente, como não faz
O café cumprido que se toma em Paris.

Moça tomando café, seus óios tão dizendo
Que vancê tá querendo ser feliz.
Abençoado café que faz uma coisa destas
Pra o bem do felizardo, o bem do meu país.

Mestre Afrânio, tão lusíada na questão da língua, apresenta, aí, uma feição que a muitos surpreenderá: escreve em dialeto caipira. Foi o meio, talvez, de exprimir mais brasileiramente a sua emoção...

"Também, de um trago d'alma" me dizia ele "quis comungar com o autor e escrevi a réplica, que lhe envio junto. Perdoe-me, a poesia, como o amor, é dom da mocidade... o velho gaiteiro não trova mais."

A tentativa pode não ter sido feliz; mas não deixará de ter o seu sal, a sua graça.

Convém explicar ainda que ele se referia a uma ilustração sobre uma "moça tomando café" que a revista em rotogravura, *São Paulo* (nº 9) publicou, acompanhada do poema de minha autoria. Daí o fato de dizer: "Tá se vendo, vancê é morena, morena como as cabocla deste meu país."

Ainda a propósito de "Moça tomando café" não posso esquecer o quanto o poema entusiasmou o embaixador Hernández Catá, o saudoso escritor, que representou o seu país no Rio, e que traduziu para o castelhano essa página do *Martim Cererê*. ("Jovem tomando café", publicada no suplemento de *Diretrizes*, em novembro de 1938).

Em tradução de Hernández Catá foi que Berta Singermann incluiu "Moça tomando café" em seus recitais famosos.

MARTIM CERERÊ EM PORTUGAL

Mas o Cererê *é susceptível de tradução?*
— Em Portugal, deu-se coisa original a respeito desta pergunta. Júlio Dantas, que me distinguiu com notável artigo, pôs em relevo a linguagem brasileira do livro, que o torna mais local. Uma ilustre professora, Elza Paxeco, numa conferência, sobre o tema "O mito do Brasil-menino" (proferida no Centro de Estudos Filosóficos de Lisboa, em 16 de novembro de 1941)

realiza excelente estudo de *Macunaíma* e *Martim Cererê*, não só quanto ao conteúdo lírico-brasileiro de cada livro, como também no que concerne à sua linguagem.

"Recordemos um pouco (são palavras suas) a linguagem de *Martim Cererê*. Pelo fato de ainda lermos palavras de origem indígena como maracá, cafundó, jenipapo, cangatara, pajé, poracé, araxá, araponga, morubixaba, nhengaçu, pitanga, japecanga, brejaúva, caraguatá, cipó, inambu-xororó, candango, pixaim, mandinga, urucungo, saracura, calunga, maloca, mucama, orixá, taiuçu, piroga, tié-piranga, caatinga, songamonga, macaxeira, caapunga, jequitibá, jacaré, ipê, sucuriju, sabiá-poca, piraquara, boitatá, japó, boiuna, cunhã, muiraquitã etc., pelo fato de aí figurarem a uiara, o saci, o corrupira, o caapora, o Anhanguera, o Zambi e nomes de índios das mais diversas raças, a atmosfera do livro tem a cor local, mas a língua não se torna estrangeira para um português. Aparecem verbos como sururucar, pererecar, encipoar, bons neologismos derivados de sururuca, pererecar e cipó à maneira portuguesa, legítima. As expressões africanizadas como 'nega veia tá cantano' vêm entre aspas, servindo de enfeite a 'Druma ioiozinho', tal como 'Ya só Pindorama', ou 'Terra Papagalorum'. Formas de vulgar brasílico são mataréu, povaréu, pisca-piscando, mas não saem por isso da língua portuguesa à qual obviamente pertencem. A sintaxe, salvo um ou outro pronome, de má colocação intencional e as repetições e deslocações de 'mesmo' e 'não', continuam a sintaxe literária comum, mais as devidas liberdades poéticas.

"Quanto ao colorido e ao metaforismo do *Martim Cererê* um português culto e moderno (*sic*) poderia muito bem tê-los poetado. Apraz-me contudo perguntar se aqueles tons primários que salpicam as páginas e aquelas animações dos traços do mundo inerte provêm de influência helenística ou, mais simplesmente, do achado natural de uma sensibilidade menina." Elza Paxeco alude ainda ao rio "cavalo verde", ao "incêndio de rabo vermelho", à "nau monstro marinho", às "léguas serpentes de cabeçorra azul", defendendo a entrada do sertão, que o bandeirante deixou amarrado com a corda das estradas vermelhas, e indaga:

"A diferença reside então no estilo? Sim, talvez será isso que nos leva a procurar involuntariamente na nossa alma, mesmo quando fazemos uma leitura muda, a suave fala, a doce entoação dos brasileiros."

O ilustre prof. Gladstone Chaves de Melo, na bela apreciação que fez de *Os sobreviventes* — livro já de outra categoria intelectual — também aludiu à diferença estilística.

Sabe-se, realmente, que os grandes filólogos de hoje, um Matoso Câmara Júnior, um Antenor Nascentes, reconhecem que a gramática cede, cada vez mais, em favor da estilística.

Entretanto, me apraz saber que um português "culto e moderno" entende bem o *Martim Cererê*, sem necessidade de o traduzir. Que a diferença é do estilo, principalmente.

GABRIELA MISTRAL E O *MARTIM CERERÊ*

Por sinal que, se o *Martim Cererê*, para um português "culto e moderno", não precisará ser traduzido (afirmação que quer dizer muita coisa, pois significa que o precisará para o português que não seja nem moderno nem culto, e quanto estará neste caso) a verdade é que a tradução mais frequente dos seus poemas tem sido feita para o espanhol.

Assim, Gabriela Mistral, Prêmio Nobel da Literatura, lhe traduziu várias páginas, magistralmente.

Pero yo me he ocupado del Martim Cererê *continuamente, trabajando en esas traduciones con la distinguida profesora del*

Instituto de Educação, D. Carolina Ribeiro. Ella le contará a utd. el amoroso respeto y el escrúpulo leal con que ambas hemos trabajado en ello (8 de fevereiro de 1938).

A grande figura das letras sul-americanas não só traduziu diversos poemas do *Martim Cererê* como chegou ao ponto — extremamente honroso para seu autor — de assim manifestar-se: *Ninguna alegría mayor podia yo recibir en un país americano que la de este poema racial verdadero.*

Fez mais: proferiu uma conferência sobre o meu modesto trabalho em Montevidéu, e em depoimento concedido a uma publicação de Costa Rica (Repertório Americano, Tomo XXXVIII, nº 905, de 4 de janeiro de 1941) projetou a sua glória sobre a minha humildade, referindo-se ao meu nome nos seguintes termos:

En fin, la América que reza en español se ha acordado de que existe y, odios aparte, la campaña podrá ser renovada (referia-se ao Prêmio Nobel) *en los años próximos en favor de Gallegos, talvez el primero de "los semejantes", de Reys (Alfonso), de Neruda, de Juana, de Cassiano Ricardo, el brasileño; de Jorge Amado o de cualquer otro.*

Este depoimento, em forma de carta, foi transcrito do *El Diario Ilustrado*, de Santiago do Chile (14 de outubro de 1940).

MARTIM CERERÊ EM MADRI

Outra tradução de *Martim Cererê* para o castelhano, e agora do poema integral, foi feita em Cuba e publicada em Madri pelo Instituto de Cultura Hispânica, em 1952.

Trata-se de um trabalho de Emília Bernal, escritora cubana. Achou ela difícil a tradução por motivo do que há no poema de *Vocabulário autóctono, y tupi-guarani y afro-brasileño de que está*

Ileno y no encontrar en los diccionarios, de la lengua portuguesa, cuando los he tenido, sus equivalencias, teniendo que recurrir a las informaciones personales, ni siempre exactas y muchas veces contradictorias y desconcertantes.

O prefácio da distinta escritora é digno de ser lido, porque interpreta surpreendentemente o *Martim Cererê*, sob vários aspectos, descobrindo-lhe "valores" que eu mesmo não havia suspeitado.

De mim, só sei dizer que achei um sabor estranho nas traduções para o espanhol — um sabor que fez me sentir mais brasileiro através de uma outra língua.

As anotações de Emília Bernal ao texto do *Martim Cererê*, notadamente com referência às palavras indígenas, também me fizeram, pelo seu pitoresco, experimentar um certo gosto de descoberta, maior do que no original.

O *CERERÊ* EM HÚNGARO

Mas alguns poemas do *Cererê* foram, também, vertidos para o húngaro, por Paulo Rónai, e que sensação curiosa me deram, por os querer adivinhar. Sabia que a tradução era admirável, por ser obra de um mestre. Sabia que aquilo era meu, mas só por ouvir dizer.

JEL AZ ÉGEN

És rejtelmes csillagkereszt szét
az égen négy kezét
a öt óriási mécs
kigyulladt, mint roppant jövendolés:

... Erre a földre egy nap négy faj ér majd,
kiket négyféle vér hajt
ködéböl távoli utaknak
amerre száraim mutaknak.
És vándorai minden egyes útnak
ide, ahol száraim összfutnak,
erre a földre érkeznek meg egykép
hogy itt váljék belöluk egy faj, egy nép.

Erre a földre egy nap négy faj ér,
mikor a végsö harc zaja elult,
mikor a szivek duhe kimerult
és a ruhákon megalvadta vér;
a testeken nem látni sebhelyet,
a gyulölet kihal,
a fájdalom nem lesz csak apró felho,
mely elsuhan, és seb helyett
piros virágkent fakad fel a dal...
És nem lesz többé gyulölet a földön
és nem lesz többé faj, hogy fajt gyulöljön.

Mért én vagyok az Út, amely sötét még,
de ha egyszer eloszlik a sötétség.
as emberség tundöklö utja lesz,
mert én vagyok a ragyogó kereszt,
az egyetemes szeretet szeretet
vérkeresztezödés csillagkeresztje.

A karjaimat felétek kitárom,
a tágas tér ölen, hogy hivjalak:
Ti mind, akik szenvedtek e vilagón,

gyertek, van még hely itt elég, nagy itt az ég,
feledtető e nagy tető,
elfértk mind az ég alatt!

Gyertek ti is, ti éhezök,
böven teremnek a mezök,
itt jut mindenkinek falat!
S ki szomjuságtól eleped,
az mind ihatik eleget,
itt szomjan scuk nem marad!
....

Mert én vagyok az Út, amely sötét még,
de ha egyszer eloszlik a sötétség,
az új ember majd énrajtam halad.

Lembro-me bem de que Paulo Rónai (que ainda não tinha vindo ao Brasil) em carta que me escreveu, procedente de Budapeste, não só manifestava a impressão que lhe causou o "Sinal do céu" (poema representativo de um país acolhedor, sem ódios de raça) como também se interessava muito pelo significado de um outro poema, a "Uiara de cabelo vermelho", que assim termina: "A Uiara era uma moça ruiva, bonitona, solteira, aí com os seus 20 anos de idade, mais ou menos. Filha daquele imigrante húngaro, administrador da fazenda do Taperá."

Teriam os meus pobres versos exercido alguma influência no seu grande espírito, de modo a cooperar na decisão que, em boa hora, ele tomou, de vir para o nosso país?

É apenas uma ousada hipótese. Acredito, entretanto, que a sua carta e o seu interesse pelo *Cererê* justificariam a inclusão do episódio em seus "encontros com o Brasil".

"SINAL NO CÉU" *IN* EUA

O mesmo poema causou-me grata surpresa numa outra importante tradução, esta publicada nos Estados Unidos (*Necessary invocation in wartime*, "War poems of the United Nations", ed. Joy Davidman, Nova York, The Dial Press, 1943).

SIGN IN THE SKY

And a mysterious cross of stars
opened its arms of light in heaven
like an immense prophecy:
Four races will come some day
down four roads that lead out of the distance
marked by the stars at the point of this cross.
And they will make one race
like the single star at the heart of cross.

Four races will come some day
when the sound of the last fight has died away
in a single sigh;
Four races will come;
their garments will be clean of blood,
their heart will be clean of maledictions;
instead of curses the red flower of songs,
instead of endless sorrow, a sorrow as light
as the passing cloud.
And there will be no more hatered on the earth
and no race of men will be enemies of other.

For I am the road, still darkned,
as long which the future's men will match;
I am the cross at the crossroads
of universal love.

Here are my open arms in illimitable heaven
saying Come! The sky is wide enough
to make a roof for all the suffering world.
The earth is fertile enough
to grow food for all the hungry world.

The silver rivers
will quench the thirst of all the burning world.

(William J. Griffin, *Bibliography of Brazilian literature in English translation*, págs. 232-33.)

A "UIARA" EM INGLÊS

Ainda em inglês me pareceu também verdadeiramente incrível que Leonard S. Downes pudesse traduzir a "Uiara", transportando gosto de mato para sua civilizada língua:

OOYARA

But there was
in the land of palms,
which was full of the murmur
of running streams
and the joy of the morning sun,
a strange woman, a woman of dreams,

*such as never in all world
was another one:
green hair and yellow eyes.
She was called Ooyara, it seems.*

E este "*Savage love*"?

*The Aimberê
who all his life
had never cried,
in his jaguar skin,
one day espied
her bathing
and he — a warrior —
was suddenly led
to play on a rough-hewn
flute of bone
this sad little tune:
I would be wed.*

*I would be wed.
but to you, he said.
With the hair
and the Upa's eyes.*

*King of the Jungle,
I would be wed,
but to you, he said.
And the poor, brave lad
in his jaguar skin
began to cry
without knowing why.*

Mais dois poemas meus figuram em *An anthology of twentieth-century — Brazilian poetry*, publicada nos EUA.

"A ONÇA PRETA" EM ALEMÃO

Em alemão, um dos poemas da 5ª edição, "A onça preta" deu o seguinte resultado, que não pode deixar de ser curioso:

DIE SCHWARZE TIGERKATZE

O meine sammetfellige, wilde Urwaldnacht,
   wie bist du weich un sanft!
O meine schwarze Tigerkatze —,
   Du schleichst durchs Gezweige,
   Um Wasser zu trinken
Am Flusse, dort, wo der Nachtwind brummt,
   O meine schwarze Tigerkatze —
Goldgesprenkelt bist du, voller Glühwürmchen!
   Du trittst aus dem Dickicht,
   Du schreitest zur Tränke;
   Es zittern die frierenden Menschen!
   O meine wilde Waldnacht,
   Goldgesprenkeit bist du, voller Glühwürmchen.

(*Von der brasilianischen Selle*, 1938, Ignez Teltscher.)

O "LOURO IMIGRANTE" EM HOLANDÊS

Em holandês, graças a Hélio Scarabôtolo (Beknopte Goschiedenis van de Braziliaanse letterkund, Amsterdam, 1952), a "Exortação" assim se inicia:

O blonde immigrant die
het houweed op de schouder draagt en in sijn kleding
[met...
blauwe en gele lappen de kaart van alle landen hermomst!

"SOLDADOS VERDES" EM SUECO

Ainda agora Arne Lundgren, ilustre escritor sueco, inclui em *Fem Brasilianska Poeter*, os "Soldados verdes", traduzido (creio que com mestria), para a sua língua, com o título *"Gröna Soldater"*, que assim termina:

Han ger order till de uppradade kaffebuskarna
i grön uniform med gula och mörkröda knappar.
Morgonens röda trumpet ljuder över kullarma.
Gröna soldater, tam-taram!

O "Relâmpago", a "Moça tomando café" e "Mãe-preta", também figuram em *Fem Brasilianska Poeter*.

Pena é que eu não possa saborear a graça e naturalmente o que há de típico na tradução.

Difícil definir a minha perplexidade vendo-me em alemão, em húngaro, em holandês, em sueco, línguas de que nada entendo. Pareceu-me estar num quarto escuro, escondido de mim mesmo. Nunca me lembrei tanto daquela conversa de

Goethe com Eckermann, a respeito de quem sabe e ao mesmo tempo ignora o segredo da arte, fazendo o papel da criança que se vê no espelho, mas lhe dá a volta e quer saber o que está atrás dele.

Isto é, nunca me senti tão ignorante na minha vida, mas ao mesmo tempo tão ciente. Quase banquei o português da anedota.

Claro que não poderei transcrever todos os poemas que mereceram tradução para outras línguas. Limito-me a informar que ainda alguns foram vertidos para o italiano por Ruggero Jacobbi, com raro senso poético e linguístico; para o croata por Ante Cetineo (escritor iugoslavo) e para o francês por Henri de Lanteuil e Charles Lucifer.

E por falar em francês: Luc Durtain achou um ritmo misterioso em "Soldados verdes", dizendo que as estrofes do *Martim Cererê* (como as do "Sinal no céu"), são daquelas que *restent dans la mémoire*.

MARTIM CERERÊ E MARTÍN FIERRO

Mas não há nada, quanto ao gênero, parecido com o Martim Cererê *em outro país?*

— A essa pergunta poderei responder com uma admirável observação de Josué Montello:

"O *Martim Cererê*, de Cassiano Ricardo", disse o ilustre escritor, "posto em confronto com o *Martín Fierro*, de José Hernández, leva-lhe uma vantagem, se considerarmos que a obra do poeta brasileiro se reveste de duas dimensões, abrangendo não só a fisionomia de um povo, mas toda a sua história, enquanto a obra do poeta argentino se desdobra em um único sentido: o cântico de um herói nas suas lutas com as hostilidades mesológicas ou humanas de uma região limitada."

A observação de Josué Montello me agradou muito, porque, realmente, o meu intuito foi compor, embora singelamente, um poema racial, coletivo, como bem o perceberam Júlio Dantas ("síntese étnica do povo brasileiro"), Plínio Salgado ("o poema da grande raça"), Gabriela Mistral ("este poema racial verdadeiro").

Foi também o que observou Paulo Rónai, em carta à qual já fiz referência: *Sinal no céu résume le mieux l'essence du Brésil, pays généreux, accueillant et humain, exempt de toutes les haines stupides, de toutes les préventions éthniques et raciales qui à l'heure même que j'écris déchirent si cruellement notre malhereux continent.*

RADIOFONIZAÇÃO DO *CERERÊ*

Mas a pequena história do *Martim Cererê* não para aí.

Certa ocasião foi ele radiofonizado e dramatizado por Túlio de Lemos, numa das estações de São Paulo. Ouviu-o pelo rádio o inesquecível Monteiro Lobato, que imediatamente me escreve uma saborosa carta a respeito:

Sábado, 3-3-1948. Cassiano: ontem estava eu displicentemente a ouvir o rádio quando começou uma história de saci e a seguir desdobrou-se linda a dramatização do teu *Martim Cererê*. E foi tão agradável o tempo que passei ali, afundado numa poltrona a ouvir a epopeia das léguas que "eles" matavam como cobras, até à última, com o tacão das botas, que finda a história vim para a máquina bater esta, antes que se me arrefecesse a impressão. Mais uma vez me convenci do grande poeta que você é, Cassiano — poeta dos que comovem até um coração velho e craquento. Não perca tempo em responder a isto, mas guarde em teu melhor cofre a emoção que esta noite, minutos atrás, acaba de receber o *Monteiro Lobato*.

Note-se — continuou Cassiano Ricardo — que Lobato já se encontrava, nessa ocasião, muito doente, tanto que veio a falecer quatro meses depois. A emoção que ele sentiu, e que lhe foi um grande bem, a ponto de pedir-me que a guardasse em meu melhor cofre, até hoje me comove.

Sinto-me feliz por a ter causado e toda vez que leio a sua carta me orgulho de haver escrito o *Martim Cererê*, só pelo consolo de que Lobato o ouviu, tocado de pura emoção poética, num dos últimos dias de sua grande vida.

"PIRATININGA" DE 1932

Por certo que outras emoções me causou o ter ouvido — também pelo rádio — durante os dias da Revolução Paulista — e a todo o momento, os poemas do *Martim Cererê*, como "Piratininga", "Brasil-menino" e "Exortação", ditos por moças e *speakers*, parecendo-me que interpretavam o sentimento dos meus coestaduanos numa hora como aquela.

Seria objeto de um capítulo de minhas "memórias" o papel do *Martim Cererê* na revolução bandeirante de 1932. E talvez muita coisa tive eu que contar, a fim de ser minucioso. Quanta vez abri o rádio e dei justamente com alguém que dizia "Piratininga", que era então uma espécie de desacato à situação. A coincidência mais tocante foi aquela que ocorreu quando estava eu preso na Sala da Capela, no Rio, entre outros paulistas acusados de terem tomado parte na Revolução de 1932. Não sei quem ligou o rádio, lá fora, e eu ouvi um poema do *Cererê* dito em voz alta.

Lembrei-me do papel da poesia a que se referiu Jean Cocteau, quando falava em redigir, como correspondente de guerra, os seus comunicados e reportagens em versos, porque "a poesia", disse ele, "é a forma mais insolente de dizer a verdade...".

SÃO PAULO E A POESIA DE HOJE

Aliás, o sentido paulista do *Martim Cererê* não lhe tira o caráter de brasileiro, não; antes, a meu ver, lhe dá esse caráter, de um modo especial. Ninguém desconhece a função "nacional" do paulista; e o que o poema conta, ou canta, é justamente a formação do Brasil.

"Outro ponto", me dizia Vivaldo Coaracy (carta de 1 de junho de 1936), "que não quero passar em silêncio, é o desmentido que este livro traz à suposição gratuita, hoje muito generalizada, de que São Paulo está pervadido de um espírito materialista e cartaginês. *Martim Cererê* vem demonstrar à sociedade que esse senso paulista das realidades tem por núcleo um profundo e sadio idealismo.

Reunindo dispersos e mal formados elementos de lendas e tradições que apenas balbuciavam na alma no nosso povo, o poeta conseguiu dar consistência e unidade de uma verdadeira saga a esses materiais, para brindar as nossas letras com um poema e São Paulo com seu poema."

Citações de versos de *Cererê* — gostarei de lembrar este ponto — têm sido feitas, numerosíssimas vezes, por escritores e políticos, quando falam sobre assuntos de São Paulo.

MARTIM CERERÊ E OS HOMENS PÚBLICOS

Ora é o governador de Minas Gerais, sr. Juscelino Kubitschek (depois presidente da República), em visita a Ribeirão Preto, por inauguração de importante melhoramento, quem alude ao espírito pioneiro dos paulistas e cita Raposo, um dos "gigantes" do *Martim Cererê*:

> *"Saiam todos da frente*
> *que não posso parar!"*

Ora é um sacerdote ilustre, monsenhor Castro Nery, quem — na comemoração do IV Centenário de São Paulo — alude à imagem da cidade "presente dos homens para os olhos de Deus". Ora é o deputado Homero Silva, então vereador, na Câmara Municipal de São Paulo, numa festa comemorativa do 9 de julho quem me distingue com a citação de uma passagem do "Canto da raça". Ora é o prefeito Arruda Pereira — por ocasião da assinatura do Convênio Escolar entre o estado e a municipalidade — quem encerra o seu discurso com um trecho do *Martim Cererê* (parte alusiva à cidade onde os homens acordam mais cedo no mundo).

Ora é o presidente da Assembleia Legislativa de São Paulo, deputado Asdrúbal da Cunha, quem recorre à imagem dos gigantes em cujas botas se enleavam as léguas, e que as rompiam em sua avançada sertão adentro.

CERERÊ E BRECHERET

E que dizer do quanto os artistas me distinguiram com a sua preferência?

Abro o rádio e escuto:

> *"Brasil cheio de graça,*
> *Brasil cheio de pássaros,*
> *Brasil cheio de luz."*

É Jorge Fernandes quem está cantando a "Ladainha".

É a Rádio Nacional de São Paulo que, num dos seus programas de televisão, inclui o mesmo número na inconfundível voz de Hebe Camargo.

Vou visitar, em 1936, o saudoso Brecheret, que está, então, elaborando a maior de suas criações, o Monumento das Bandeiras, e ele me conta que modificou a concepção da primeira maquete para melhor caracterizar as figuras dos tipos raciais que tomaram parte no desbravamento. Havia feito a princípio um projeto em que as figuras eram todas do mesmo tipo racial; teria sido um erro, que corrigiu a tempo, incluindo no Monumento todos os elementos étnicos que entraram na constituição da bandeira histórica. E isso porque lera o *Martim Cererê*.

A legenda, que tem minha assinatura num dos flancos da grandiosa obra de arte, é bem o resumo do pensamento que tanto seduziu o grande escultor: "Glória aos heróis que traçaram o nosso destino, na geografia do mundo livre."

O MONUMENTO AO IMIGRANTE

Não é, porém, só o Monumento das Bandeiras (o que já seria, para mim, um máximo de compensação) que reflete, nos seus símbolos, a presença do *Martim Cererê*, do ponto de vista étnico.

Terei que registrar aqui o caso de outro monumento — o Monumento ao Imigrante, ciclópica obra do escultor Caringe, erigida em Caxias, no Rio Grande do Sul, em 1952, e em cujo pórtico se inscreveu um trecho da "Exortação": Ó *louro imigrante que trazes a enxada ao ombro; sobe comigo a este pincaro* etc.

Que poderei dizer da surpresa que me causou a inscrição gravada no Monumento ao Imigrante, em bronze, do poema em que procuro celebrar a contribuição daquele que vem procurar a felicidade debaixo do nosso céu?

Francamente: se me for permitida uma confissão, sem que isto importe em vanglória, direi que, a qualquer outra forma de ser lembrado — ilusão que me disfarce a fragilidade humana — prefiro essa coisa silente que é a de ter o meu simples nome ligado a duas obras de arte que representam dois episódios máximos de nossa formação de povo, o das bandeiras e o da imigração.

NA MÚSICA DE HECKEL TAVARES

Alguns poemas no *Martim Cererê* foram declamados (e quantas vezes!) por Margarida Lopes de Almeida, Nair Werneck Dickens, Francisca Noziérs, Nair de Freitas Maffei, Helena de Magalhães Castro, Branca Dias Batista. Outros, musicados por Lorenzo Fernandes, Marcelo Tupinambá, Francisco Braga, Olga Pedrário, Camargo Guarnieri, Jorge e Aníbal Fernandes.

O "André de Leão" mereceu mesmo ser o argumento de uma composição sinfônica de Heckel Tavares, grande e saudoso artista, com texto em brasileiro, francês, inglês e alemão.

OS "SOLDADOS VERDES" E O INSTITUTO DO CAFÉ

A parte do *Martim Cererê* sobre os "soldados verdes" e "café expresso" foi incluída por Basílio de Magalhães em seu erudito livro de documentação sobre o café nas artes e na literatura.

Também o Instituto do Café lhe transcreveu trechos nas publicações que costumava fazer (em sua primeira fase) sobre civilização cafeeira etc.

No primeiro caso era o *Cererê* servindo de documentação, em curiosa pesquisa; no segundo, era o poema servindo a objetivos de ordem prática: era a minha contribuição indireta para a defesa e propaganda da famosa rubiácea, em domínio já extraliterário, mas de muita significação; gente prática recorrendo à poesia, o econômico acumpliciado com o lírico.

O MEU PRÊMIO

Cartas de crianças não me faltam, principalmente durante a Revolução Paulista.

Quer isto dizer que o poema tanto encontrou repercussão numa Gabriela Mistral, num Júlio Dantas, num Guilherme de Almeida, num Menotti Del Picchia (que prefaciou duas edições do livro), num Plínio Salgado, num Vivaldo Coaracy, num Monteiro Lobato, num Rubens do Amaral, num Roquette-Pinto, como no coração das crianças que lhe compreenderam muito bem a parte menina, primitiva, mágica.

Parece que não devo aspirar a mais nada, para minha melhor recompensa.

"Se ele foi o corumi das aldeias indígenas e o moleque das senzalas", disse Plínio Salgado a propósito do nome dado ao poema, "deve ser também o italianinho das nossas fazendas de café e o escoteiro das nossas escolas. É o menino travesso. E, como tal, a própria imagem da pátria."

Devo ainda esclarecer que este livro nunca foi premiado, nem pela Academia, nem por nenhuma instituição governamental.

No IV Centenário de São Paulo, houve muitos prêmios destinados a obras que se referissem a coisas e fatos do nosso presente e do nosso passado histórico. Nada mais justo.

O meu prêmio — permitam-me que o diga — está na pequena história do próprio poema, nos momentos de emoção que ele despertou ao meu povo, naquela carta de Gabriela Mistral, na confissão de Monteiro Lobato, no fato de lhe haver Brecheret pensado no argumento, para maior fidelidade dos seus símbolos.

SACI-PERERÊ NA ACADEMIA

Com ele entrei na Academia, onde — segundo um jornal da época — entrou comigo o demônio, o saci-pererê.

Naturalmente por causa do meu feitio antiacadêmico, isto é, de rebeldia na questão da língua brasileira e das iniciativas que tomei, na Casa de Machado de Assis, como a do prêmio de poesia a Cecília Meireles e a comemoração oficial, por mim proposta, do 30º aniversário da Semana de Arte Moderna.

Hoje a minha experiência poética é outra.

Obedece a outros rumos, como já ficou dito.

Não fosse, porém, o demônio do cererê que ainda habita o meu corpo, e eu não teria me renovado, a ponto de Manuel Bandeira ver em "Um dia depois do outro" uma nova estreia.

Lembro-me de um símbolo do próprio *Martim Cererê*, que explica a mudança.

O DEMÔNIO DA RENOVAÇÃO

Todos queriam (é um pormenor do argumento) ouvir a voz que os chamava para oeste.

Menos o "carão", isto é, menos o pássaro que não mudava de penas e chorava dia e noite:

> *"Upain uirá etá*
> *u ricó puranga acaiú*
> *iauiaué u cucui i pepó*
> *etá."*

Pois bem. Ao "carão" que dizia:

> *"Não me lembro*
> *de ter sido criança um dia apenas;*
> *nunca tive saudade*
> *pois não fui outra coisa na vida*
> *senão isto que sou; nunca tive esperança*
> *porque nunca serei outra coisa na vida*
> *senão o que já fui."*

a esse "carão" — símbolo do passadismo retranca, símbolo de parnasianismo — procurei opor o currupira, ou seja, o cererê do mito indígena, que mudava de feição a todo instante pra ser permanente.

Se o consegui, nas sucessivas edições deste livro, e na renovação em mim apontada por Manuel Bandeira, Sérgio Buarque de Holanda e tantos outros, é porque, graças a Deus ("que foi demônio em menino") o cererê estava vivo em minha pessoa.

E dele poderei dizer o que disse o poeta:

> *"Mas o menino ainda existe."*

O POETA E O MENINO

Como se isso não bastasse, vi-me reproduzido, há mais de vinte anos, na graça de um neto, que tem o nome de Rubens, e que declamava a "Lua cheia" com a meninice que o poema requer, dando-lhe uma autenticidade que até me espantava.

O Cererê, agora (ai de mim), brinca com os meus outros netos, contando-lhes a história da moça bonita, que morava na terra grande.

Ai de mim, ou mais uma emoção?

O que me consola é que o poeta e o menino estão juntos.

É não estar eu incluído entre aqueles que *"ont oubllié leur enfance"*.

Que é a poesia, senão, como quer Baudelaire, a infância que se encontrou de novo?

No *Martim Cererê* meus netos e eu temos a mesma idade...

BRASILIDADE

Afinal, o *Martim Cererê* não é apenas paulista: é visceralmente brasileiro; não é apenas aborígine: é a síntese étnica, em que entra o próprio imigrante; a sua língua é mesclada de tupi, afro, português; soma nitidamente brasileira; não é um poema histórico, antes obedece ao que a história tem de poemático fabuloso; não é um poema que se deva ler apenas linearmente; é antes composto de vários poemas que se ligam, ou não, uns com os outros; mesmo lido do começo para o fim, não é lógico, discursivo, senão na sucessão das figuras que o compõem.

Quanto a haver poesia nele, isso é coisa que cada leitor o dirá, a seu modo...

Mereceu ainda o livro um magnífico estudo da professora Jerusa Pires Ferreira, da Universidade de Brasília, que o classificou como "um poema épico-lírico" e o fez em páginas de alta crítica. Seu trabalho intitula-se "Notícia de Martim Cererê" (ed. de 4 Artes).

CERERÊ, ENREDO DE SAMBA

A última notícia sobre *Martim Cererê* é a que os jornais deram e a que a *Bandeira Dois* (programa de grande audiência) vem apresentando até hoje, referente ao seu aproveitamento e consagração popular, servindo de assunto ao samba-enredo da Escola de Samba Imperatriz Leopoldinense.

Inegável, segundo todas as informações divulgadas pela imprensa — jornais, televisão e revistas — com ampla documentação fotográfica, o sucesso alcançado. Os carros alegóricos percorreram a Avenida Presidente Vargas, apinhada de povo que aplaudiu os 2.500 figurantes do cortejo artístico.

Cantado durante meses seguidos, o samba-enredo (na fase pré-carnavalesca) que culminou com o fabuloso desfile no carnaval de 1972, o homem da rua impregnou-se do tema do livro (último da minha fase verde-amarela).

Com isso fechou-se o ciclo popular-erudito-popular. O motivo colhido na mitologia brasileira, no folclore brasileiro, transformou-se num poema da raça, épico-lírico: *Martim Cererê*; agora, o herói dos meninos, dos heróis retornou à alma do povo, ao consagrador mundo da praça pública, com o desfile da Escola de Samba Imperatriz Leopoldinense, dirigida pelo "doublé" de médico e carioca da gema, Oswaldo Macedo.

Foi um magnífico espetáculo de comunicação de massa na linguagem de hoje.

Nada mais emocionante para mim.

OBRAS DE CASSIANO RICARDO

POESIA

Dentro da noite, São Paulo, 1915.
A flauta de Pã, São Paulo, 1917.
Jardim das Hespérides, São Paulo: Casao Livro, 1920.
A mentirosa de olhos verdes, São Paulo: Hélios, 1924.
Borrões de verde e amarelo, São Paulo: Hélios, 1926.
Vamos caçar papagaio, São Paulo: Hélios, 1926; 2. ed., 1933.
Martim Cererê, São Paulo: Hélios, 1. ed. 1928.
Canções da minha ternura, São Paulo: Companhia Editora Nacional, 1930.
Deixa estar, jacaré, São Paulo: Revista dos Tribunais, 1931.
O sangue das horas, Rio de Janeiro: José Olympio, 1943.
Um dia depois do outro, São Paulo: Companhia Editora Nacional, 1947.
A face perdida, Rio de Janeiro: José Olympio, 1950.
Poemas murais, Rio de Janeiro: José Olympio, 1950.
25 Sonetos, Niterói: Hipocampo, 1952.
O arranha-céu de vidro (1954), Rio de Janeiro: José Olympio, 1956.
João Torto e a fábula (1951-1953), Rio de Janeiro: José Olympio, 1956.

Poesias completas, prefácio de Tristão de Athayde, Rio de Janeiro: José Olympio, 1957 (esg.).
Montanha-russa, São Paulo: Cultrix, 1960.
A difícil manhã, Rio de Janeiro: Livros de Portugal, 1960.
Jeremias Sem-Chorar, Rio de Janeiro: José Olympio, 1. ed., 1964; 2. ed. rev., 1968.
Poemas escolhidos, São Paulo: Cultrix, 1965.
"Rioquatrocentão", poesia in Gastão Cruls. *Aparências do Rio de Janeiro*, vol. 2, 3. ed., Rio de Janeiro: José Olympio, 1965.
Os sobreviventes, Rio de Janeiro: José Olympio, 1971.

NO ESTRANGEIRO

Martim Cererê, versão de Emília Bernal, Madri: Ediciones Culturas Hispânica, 1953.
"La marcha hacia el Oeste" (ensaio, México/Buenos Aires: Fondo de Cultura Económica), 1956.
Arne Lundgren, in *From Brazilians poeter*, Suécia.
Ruggero Jacobbi, in *Antologia da poesia brasileira*, Itália, 1954.

PROSA

O Brasil no original, São Paulo: Hélios, 1. ed., 1935; 2. ed., 1936.
"O negro na Bandeira", *in Revista do Arquivo Municipal de São Paulo*, 1938.
Elogio de Paulo Setúbal (discurso de posse na Academia Brasileira de Letras), São Paulo: Bandeira Ed., 1938.
"Pedro Luís visto pelos modernos", in *Revista da Academia Brasileira de Letras*, Rio de Janeiro, 1939.
"Pedro Luís, precursor de Castro Alves", in *Revista da Academia Brasileira de Letras*, Rio de Janeiro, 1939.

A Academia e a poesia moderna, São Paulo: Ed. Revista dos Tribunais, 1939.

Marcha para Oeste (A influência da "Bandeira" na formação social e política do Brasil), 1. ed., 1940; 2. ed. rev., 2 vols., 1942; 3. ed., inteiramente ver. e aum., 1959; 4. ed., inteiramente rev. e aum. de dois novos capítulos, 1970; todas da José Olympio (a última, em convênio com a Universidade de São Paulo).

"A Academia e a língua brasileira", in *Revista da Academia Brasileira de Letras*, Rio de Janeiro, vol. 61, 1941.

A poesia na técnica do romance, Rio de Janeiro: Ministério da Educação e Cultura, 1953.

O Tratado de Petrópolis, 2 vols., Rio de Janeiro: Ministério das Relações Exteriores, 1954.

Pequeno ensaio de bandeirologia, Rio de Janeiro: Ministério da Educação e Cultura, 1956.

"João Ribeiro e a crítica do pré-modernismo", in *O homem cordial*, 1956.

"Gonçalves Dias e o indianismo", in *A literatura no Brasil* (direção de Afrânio Coutinho), vol. 1, t. II, Rio de Janeiro: Editorial Sul-Americana, 1956.

O homem cordial (e outros pequenos estudos brasileiros), Rio de Janeiro: Ministério da Educação e Cultura, 1959.

"Gilberto Freyre, os engenhos e as bandeiras", in *Gilberto Freyre: sua ciência, sua filosofia, sua arte*, Rio de Janeiro: José Olympio, 1962.

22 e a poesia de hoje, Ministério da Educação e Cultura, 1964.

Algumas reflexões sobre poética de vanguarda, Rio de Janeiro: José Olympio, 1964.

O indianismo de Gonçalves Dias, São Paulo: Conselho Estadual de Cultura, 1964.

Poesia praxis e 22, Rio de Janeiro: José Olympio, 1966.
Paulo Setúbal, o poeta (Conferência realizada em Tatuí, em 1968).
Viagem no tempo e no espaço (memórias), Rio de Janeiro: José Olympio, 1970 (em convênio com o Conselho Estadual de Cultura, São Paulo).
Seleta em prosa e verso. Notas da prof[a]. Nelly Novais Coelho. Coleção Brasil Moço (direção do prof. Paulo Rónai), Rio de Janeiro: José Olympio (em convênio com o Instituto Nacional do Livro — MEC).

BIBLIOGRAFIA SOBRE CASSIANO RICARDO

Algumas fontes de estudo

Albuquerque, Medeiros e. In *Páginas de crítica*, Rio de Janeiro: ed. Leite Ribeiro e Murilo, 1920.

Amaral, Amadeu. In *Carta mais ou menos aberta*.

Amaral, Rubens do. In *Luzes do planalto*, São Paulo: CEC, Comissão de Literatura, 1962.

Athayde, Tristão de. *Estudos*, 1ª série, Rio de Janeiro: Terra do Sol, 1927.

———. *Meio século de presença literária*, Rio de Janeiro: José Olympio, 1969.

Bernal, Emília. In *Martim Cererê*, pref. da edição espanhola, Madri: Instituto de Cultura Hispánica, 1953.

Brito, Mário da Silva. In *Meu caminho até ontem*, São Paulo: Saraiva, 1955

———. In *Montanha-russa*, São Paulo: Cultrix, 1960.

Cannabrava, Euryalo. In *Estética da crítica*, Rio de Janeiro: Dep. de Imprensa Nacional, 1963.

Castro, Silvio. In *Tempo presente*, Anuário da Literatura Brasileira, 1961.

Chamie, Mario. *Palavra — Levantamento na poesia de Cassiano Ricardo*, Rio de Janeiro: Livraria São José, 1963.

Correia, Nereu. *A poesia e a prosa de Cassiano Ricardo*, São Paulo: Conselho Estadual de Cultura, 1970.

Faria, Idelma Ribeiro de. *Cantata em dois tempos*, São Paulo: Quatro Artes, 1970.

Ferreira, Jerusa Pires. *Notícias de Martim Cererê*, São Paulo: Quatro Artes, 1971.

Franco, Afonso Arinos de Melo. In *Portulano*, São Paulo: Ed. Livraria Martins, 1945.

Genofre, Edmundo de. *A poesia de Cassiano Ricardo* (ensaio), Poços de Caldas: Edição do Autor, 1963.

Grieco, Agrippino. In *Apresentação da poesia brasileira*, Rio de Janeiro: José Olympio, 1947.

Ivo, Ledo. prefácio a *A difícil manhã*, Rio de Janeiro: Livro de Portugal, 1960.

Leão, Múcio. In *Autores & Livros*, Rio de Janeiro: Autores e livros, 1949.

Lins, Álvaro. *Jornal de crítica*, 6ª série, Rio de Janeiro: José Olympio, 1951.

Lucas, Fábio. In *Temas literários e Juízos críticos*, Belo Horizonte: Edições Tendência, 1963.

Mariano, Oswaldo. *Estudos sobre a poética de Cassiano Ricardo*, São Paulo: O autor, 1ª ed., 1965.

Marques, Oswaldino. *O laboratório poético de Cassiano Ricardo*, Rio de Janeiro: Civilização Brasileira, 1962.

Milliet, Sérgio. *Diário crítico*. Rio de Janeiro/São Paulo: Martins/Edusp, 1949.

——. *Panorama da moderna poesia brasileira*. Rio de Janeiro: Ministério da Educação, Departamento da Imprensa Nacional, 1952.

Miranda, Veiga. *Os faiscadores*, São Paulo: Cia. Graphico, 1925.

Nunes, Cassiano. *Retrato & Espelho*, Rio de Janeiro: José Olympio, 1971.

Olinto, Antonio. In *Cadernos de crítica*, Rio de Janeiro: José Olympio, 1958.

Paxeco, Elza. In *Brasília*, Portugal: ed. Lisboa, 1949.
Perez, Renard. In *Escritores brasileiros contemporâneos*, Rio de Janeiro: Civilização Brasileira, 1971.
Pimentel, Osmar. In *A lâmpada e o passado*, São Paulo: Conselho Estadual de Cultura, 1968.
——. In *Apontamentos de leitura*, São Paulo: Conselho Estadual de Cultura, 1959.
Portella, Eduardo. *Dimensões 1*, Rio de Janeiro: José Olympio, 1958.
Ramos, Péricles Eugênio da Silva. "O modernismo na poesia", in *A literatura no Brasil*, vol. III, t. 1, Rio de Janeiro: Editorial Sul Americana, 1959.
Ribeiro, João. *Crítica* e *Os modernos*, Rio de Janeiro: Ed. ABL e Academia Letras, 1952.
Silva, Domingos Carvalho da. "Reflexões sobre a poesia de Cassiano Ricardo", in *A Manhã*, supl., Rio de Janeiro, 21.10.1951.
Silva, Vicente Ferreira da. In *Obras completas*, São Paulo: Instituto Brasileiro de Filosofia, 1964.
Silveira, Alcântara. In *Telefone para surdos*, São Paulo: Ed. Conselho Estadual de Cultura, 1962.
Simões, João Gaspar. "Uma interpretação da mensagem de Cassiano Ricardo, in *A Manhã*, supl., Rio de Janeiro, 18.2.1951.

Em revistas e jornais podem ser mencionados os estudos e apreciações críticas de Manuel Bandeira, Carlos Drummond de Andrade, João Gaspar Simões, Júlio Dantas, Natércia Freire (estes três últimos em Portugal), Oswald de Andrade, Eugênio Gomes, Euryalo Cannabrava, Lourdes Fonseca, Menotti Del Picchia, Plínio Salgado, Sérgio Buarque de Holanda, Paulo Hecker Filho, Dantas Mota,

Este livro foi impresso nas oficinas da
Distribuidora Record de Serviços de Imprensa S.A.
Rua Argentina, 171 – Rio de Janeiro, RJ
para a
Editora José Olympio Ltda.
em julho de 2010

*

78º aniversário desta Casa de livros, fundada em 29.11.1931